ぐい
あ…
ちゃんと捕まって
…どうしてだろう
ユウリくんといると
ドキドキする

今回のは無理だよね…
手をつないで相手をドキドキさせよう！
なんで?
俺はミオと
手繋ぎたい
…ミオは嫌?
…い
嫌なわけないよ…
どうしよう
可愛すぎて
他の奴には絶対に見せたくない

野いちご文庫

俺の「好き」は、キミ限定。

小春りん

STARTS
スターツ出版株式会社

characters

Sasahara Yūri

Shirasaka Miori

白坂《しらさか》美織《みおり》

恋に憧れている高校２年生。天使のようにかわいいお姉さんと二人姉妹。いつかは自分だけを見てくれるたったひとりの人と一生に一度の恋をしてみたいと思っている。

笹原《ささはら》結璃《ゆうり》

男子校に通う、爽やかイケメンで心優しい高校２年生。朝の満員電車で美織のことを見かけて以来、そっと見守りながら想いを寄せていたけど、運命の出会いから急接近。

contents

「抱きしめても、いい？」

はじめての『恋』。
はじめての『好き』。
戸惑うのはいつも、君の瞳が真っすぐだから。

「……いろいろ我慢するので精いっぱい」

近づきたいけど、近づけない。
触れたいのに、触れられない。

ねぇ、好きになってもいいですか？

俺の「好き」は、

レッスン01・運命の出会いを演出しよう

【ミオside】

「あの……これ、落ちましたよ」

「……はい？」

午前七時四十五分。

通い慣れた駅、騒がしく走りさる電車。

ふわりと風に髪がなびいて、私は声がしたほうへと振り向いた。

「〝恋を叶える12のレッスン〟……って、これ、君が落とした本だよね？」

目の前に差し出された本のタイトルを見て、飛び出しかけた目玉を慌てて押さえる。

ギャア！　と、叫びそうになったところを間一髪堪《こら》えたあとで、冷や汗が全身から

どっと噴き出した。

「な、な、な……っ」

なんで、まさか……！　さっき、ちゃんと鞄に入れたはずなのに！

慌てて鞄を見てみるとファスナーがパックリと開いていて、入れたはずの本の姿は見当たらない。

「あの……？」

「ちちち、違います！　人違いです、全然違います！　ノーセンキューです‼」

「え……でも、たしかに——」

「勘違いですから速やかに失礼します、ごめんなさい……！」

結果、それだけを言うのが精いっぱいだった。

真っ赤になった顔を隠す余裕もなく私はその場から走り去ると、改札を無我夢中で通り抜けた。

……ああもう、朝からホントにツイてない。

まさか、〝アレ〟を誰かに拾われるだなんて思ってもみなかった。

【恋を叶える12のレッスン】

——あれは私の、秘密の恋愛指南書だ。

しっかりと、書店でつけてもらった茶色いブックカバーをしていたはずなのに、きっと落とした拍子に取れてしまったのだろう。

ド派手な表紙は見慣れたもので、間違いなく私がつい先ほどまで読んでいた本だった。

帯には、【この一冊があれば、あなたも運命の恋に出会えるはず☆】なんて、ふざけた言葉が書いてある。

拾ってくれた親切なあの人には、それもバッチリ見られただろう。

「うう〜、もう穴があったら入りたい……」

長い髪の毛をくしゃくしゃと掴みながら、ひとり、通学路の片隅でうなだれた。

驚きすぎて、拾ってくれた親切な人に失礼な態度を取ってしまったのも最低だ。

そもそも、どんな人が拾ってくれたのか……。

私よりも頭ひとつ半ほど背の高い男の人で、たぶん、学生だった……とは思う。

「はぁ……」

吐き出したため息は、ただ虚しく冷たいアスファルトに吸い込まれた。

もう……行こう。

朝から重たい心を連れて校門を抜けると、真っすぐに教室まで続く廊下を歩いた。

開けっぱなしになっている扉を通れば、今日も明るい声が私を元気に呼びつける。

「美織《みおり》〜っ！　おはよう……ってアンタ、朝からずいぶんひどい顔！」

「たっちゃん……。そういうたっちゃんは、今日もとても美しいね……」

ざわざわと談笑の花が咲く朝の教室。

親友とも呼べる〝彼〟が座る後ろの席に腰を下ろすと、たっちゃんは長い足を優雅に組んでコチラを向いた。

オシャレに着崩された制服と、古着屋さんで見つけたらしいポップなスニーカー。

白い肌に、可愛らしい顔立ちを引き立てるように施された完璧なメイクと、校則違反ギリギリアウトのところでダークネイビーに染められた髪は彼によく似合っていた。

机の上に置かれた手の爪には綺麗《きれい》なネイルが光っていて、今日も女の私よりも身だしなみに余念がない。

「そういう美織は朝からなに、辛気くさい顔してるわけ？」

世間ではジェンダーレス男子と呼ばれる彼——本名、曽根隆《そねたかし》こと、たっちゃんは、毒と一緒に可憐なため息をついた。

「美織は、ただでさえ童顔なんだから、辛気臭い顔してたら小学生が拗ねたみたいな顔になるのに」

「ウルサイな……」

たっちゃんだって、可愛らしい顔立ちに反して口から出るのは毒ばかりのくせに。小学生だなんて、私よりも数倍可愛らしい男の子に言われたらダメージは大きい。心の中で反論しながら机の上にうなだれると、たっちゃんに改めて「何があったの?」と尋ねられた。

……何があったって、それはもう。朝からとんでもない失態をしでかした——なんて言ったら、絶対笑われるに決まってる。

「……と、いうわけでね」

「——プッ、あはは っ。マジうける! ヤバいわ、それ!」

案の定、今朝の出来事を話したら、笑われるどころか爆笑された。

【恋を叶える12のレッスン】という恥ずかしいタイトルの恋愛指南書を落として、見ず知らずの人に拾われた。

それを自分のものではないと言い張って、逃げるようにその場から走り去ったのだ。

たっちゃんが笑いたくなるのも無理はないとは思うけど、ちょっと笑いすぎじゃない?

仮にも親友だったら、落ち込んでる私を慰めてくれてもよくない？

「ぷっ……、アハハッ。あー、お腹痛い」

「人の不幸を楽しんで……」

「だって笑わずにはいられないでしょ。それで、どうして、ちゃんとその本を受け取らなかったの？」

尋ねられて一瞬言葉に詰まってしまった。

再び唇を尖らせ眉根を寄せると、鼻から小さく息を吐く。

「だって、女子高生がそんな本を読んでるんだって思われたと思ったらさ、恥ずかしくて……無理でしょ」

きっと、この女子高生どんだけ恋に飢えてるんだ、と思われただろう。

恋を叶える12のレッスン、って。

アホか、って名前も知らない人に引かれたかもしれない。

「まぁ、ねぇ。拾ってくれたのが男ってところがね。不幸の上塗りだったよね」

「だよねぇ〜〜」

たっちゃんの言うとおり、せめて拾ってくれたのが女の人なら良かったんだ。

恥ずかしいのは変わらないけど、それなら本を受け取って、「ありがとうございます、恥ずかしい奴でごめんなさい！」くらい言えたかもしれない。

「それでそれでっ。その、拾ってくれた人はどんな人だった？　イケメンだった？」

「えー……」

嬉々とした表情で尋ねられ、思わず私は首をひねった。

言われてみると、顔はまったく覚えていないのだ。

というより、見る余裕がなかったと言ったほうが正しいだろう。

直視したのはその人が持っていた私の本で……。

足元は星のマークが特徴的な、ネイビーのスニーカーだったことだけは覚えている。

「履いてたのがスニーカーだったし、たぶん……学生さんだと思うけど、顔を見る余裕はなかったよ」

「え〜！　せっかく良い出会いだったかもしれないのに！」

残念そうに息を吐いたたっちゃんは、無類のイケメン好きなのだ。

恋愛対象は一応女の子らしいけど、イケメン男子は目の保養になるから大切らしい。

「良い出会い、かぁ……」

ぽつりとこぼして、肩下まで伸びた髪に指を通した。

そんなこと、まるで考えもしなかった。

そういえば、あの本の最初の章も〝運命の出会い〟について書いてあったんだ。

——恋を掴むにはまず、運命の出会いを演出しよう！

なんて、改めて思い返すと余計に恥ずかしい。だけどもう二度と、アレを読むこともできないだろう。

あの〝親切さん〟が落とし物として駅員さんに渡してくれている可能性もあるけれど、それを取りに行く勇気は私にはなかった。

「まだ読みはじめたばっかりだったのになぁ……」

お値段もそれなりにする本だった。でももう、諦めるしかない。

だって、『朝、【恋を叶える12のレッスン】という本を落としたんですけど』……なんて、駅員さんに言うのは考えただけでも顔から火がでそうだ。

『この女子高生がこの本の持ち主かよ……』と思われるだろうし、駅員さんの前で大恥をかく羽目になる。

「まぁ、これに懲りたら、ああいうしょーもない恋愛指南書なんかに頼るのは止めなよ」

手鏡で自分のつけまつ毛を直しながら、たっちゃんが呟いた。

「あんな本を読んだところでね、本当の意味で〝恋〟を知れるわけじゃないんだから」

「……わかってるよ」

また唇を尖らせた私は、ため息混じりにふてくされた。

……わかってるよ、そんなこと。これまでだってあの手の本は何冊も読んできたけれど、何かが変わったわけじゃない。

──それでもただ、なんとなく。みんながしている『恋』に憧れて、恋というものを知りたいと思っていた。

たっちゃんはそれを、『恋に恋してるだけ』だと言って呆れているけれど、事実だから仕方がない。

「ああいう恋愛指南書とか、恋愛小説とか少女漫画みたいな恋って憧れるじゃん」

「はぁ〜……」

ポツリとこぼすとつむじにはもう何度目かもわからないため息が落ちてきて、顔を上げることもできなくなる。

――夢見がちな女の子だと言われたら、それまでだ。

そんな恋は現実に存在しないと言われたら、反論もできない。

だけど、物語の中の主人公たちがする恋はいつだって素敵で、憧れずにはいられなかった。

みんな、キラキラと輝いている。

そんな『恋』を、私も一度でいいから経験してみたいんだ。

「そもそもね、恋はしようと思ってするものじゃなくて、突然落ちるものなんだよ」

頬杖《ほおづえ》をつき、呆れたように言うたっちゃんの言葉は、もう何度聞いたかわからない。

「じゃあ、恋に落ちる……って、どんな感じ？」

「ストーン！　って感じだよ。気がついたら落ちてるの。もう引き返せないとこまでね」

「引き返せないとこまで……」

ぽつりと呟いてから、小さく息をついた。

たっちゃんの言うことは、わかるようでわからない。

それは私が初恋も未経験の、超恋愛初心者だからなのだろう。

「私、いつかホントに恋ができるかな……」

「まぁ、そりゃいつかはできるんじゃない？　だけど、そもそも美織の場合はお姉ちゃんのことがあるからね。そのせいで恋愛に臆病《おくびょう》になっているのが、一番の原因でしょ？」

「……っ」

不意打ちだった。

指摘され、ズキリと胸が針で刺されたように痛んだのは、図星だったからだ。

──お姉ちゃん。

その存在は私にとって、昔からつきまとう、大きな大きな影だった。

「まぁ僕は別に、美織はそのままでいいと思うけどね」

一人称が『僕』な、たっちゃんは、時々優しくて男前になる。

思わず嬉しくなって「えへへ」と笑うと、たっちゃんは不機嫌そうに私から目をそらすと腕を組んだ。

「……たっちゃん、ありがとう」

「別に、褒めてないけど」

最後に毒づくのも忘れないのが彼らしくて笑ってしまう。

『白坂《しらさか》美織って、お姉さんと全然似てないよな！』

『お姉さんは、あんなに可愛くて天使みたいな子なのに、妹はちょっとなぁ……』

──脳裏《のうり》をよぎるのは、もう何度聞いたかもわからない、誰かの言葉だ。

完全無欠《かんぜんむけつ》なお姉ちゃんと比べられるたび、私は自分の平凡さに嫌気が差した。

だけどその言葉によって何度嫌な思いをし、傷ついたとしても、私はお姉ちゃんにはなれないのだと、今ではそう思えるまでになっていた。

そうしてその過程の中で、私は私にしかできない恋をしてみたいと思うようになった……というのは、今の私なりの考えだ。

物語の中の主人公がしているような、キラキラした恋をしてみたい。

私も私だけを見てくれるたったひとりと……一生に一度の恋をしてみたかった。

「ハア……どこかにそんな恋、落ちてないかな」

なんて、それは私には贅沢な願いかもしれないけれど。

それでも憧れるのは自由だから、私はいつでも憧れる。

「そんな都合よく、もの事は進まないよ」

トン、と額を小突かれて、再び唇を尖らせた。

空は快晴。

今日も私は恋に恋する乙女のままで、どこまでも青く澄んだ空を静かに見上げた。

♡　♡　♡

「はぁ……。ほんと、朝は災難だったなぁ」

その日の放課後、いつものように学校を出た私はひとり、駅へと向かった。

歩くたびにふわふわと揺《ゆ》れる髪の毛の質は柔らかくてツヤがあり、唯一、姉と似ていると褒められるところだ。

あの本……やっぱりもう一度買おうかな。

今日は、そんなことを考えては今朝のことを思い出して憂鬱《ゆううつ》になるというのを、一日中繰り返していた。

だけど好きな作者さんの本だったし、やっぱり手元に置いておきたいと思うのがファンの心理というものだ。

「はぁ……。でもあの本、高かったんだよね……」

またため息をついた私は鞄から定期入れを取り出して、改札を通る準備をした。

「あの……っ！　すみません！」

そのとき、うつむき気味に歩いていた私のそばで、男の人の声がした。

けれど、まさか自分が呼び止められたとは思わなかった私は、足を止めることなく駅の中に入ろうとした。

「ねぇ、待って！」

「……えっ」

と、そんな私を、力強い声が呼び止めた。

突然改札と自分の間に入った身体に驚いて顔を上げると、焦った表情をした男の人が立っている。

——誰？

見覚えのない彼の顔を見て首を傾《かし》げた私は足を止めたあと、彼の手の中にある本を見て、固まった。

「ごめん、急に呼び止めたりして……っ。でもこれ、やっぱり君のだろ？」

「──！」

──嘘でしょう？

彼に差し出されたものは、間違いなく私が今朝落とした本で……。

私がもう二度と、手元に戻ることはないだろうと諦めていたものだった。

でも、どうして……。

思わず顔を上げて声をかけてきたその人を凝視する。

まさか。まさか──。

「朝、急いでたみたいだったから。俺も追いかけられなくて、本当にごめん」

見覚えのある、星のマークが特徴的なネイビーのスニーカー。柔らかに揺れる黒髪。

申し訳なさそうに私の顔をのぞき込む彼の目は綺麗な二重で、澄んだビー玉みたいな瞳には小さな私が映っていた。

スッと通った鼻筋に、形の良い唇は優しく弧を描いている。

引き締まった身体は男の子らしく、私のよく知るたっちゃんとは違った空気をまとっていた。

まるで『爽やか』という言葉を、そのまま具現化したような男の子だと思った。

笑顔はとてもまぶしくて、つい、彼に見惚《みと》れてしまう。

カッコイイ――という表現は、彼にはピッタリだとも思う。

それほど今、私の目の前にいる彼は、誰が見ても整った容姿をしていた。

「あの……？」

「……っ、あ！　ご、ごめんなさい！」

どれくらい、彼を見つめていたのだろう。

我に返った私は瞬《まばた》きを繰り返したあとで、慌てて彼から目をそらした。

ど、どうしよう。初対面なのに凝視して、変な奴だと思われたかもしれない。

だけどまさか、この本を届けてくれるだなんて思ってもみなかった。

彼が着ている制服は駅の北口にある男子校の制服だから、わざわざこれを渡すためだけに、ここで待っていてくれたのだということは鈍くさい私でもわかる。

そこまでわかっていながらその本を受け取らないという選択はできなかった。

「この本……」

「わ……っ、わざわざ、ありがとうございます！」

震える手を精いっぱい伸ばして彼から本を受け取ると、私は表紙を隠すようにギュッと胸元に引き寄せた。

——恥ずかしい。穴があったら、今すぐ入りたい。

「よかった。やっぱり君の本だったんだ」

けれど私の思いとは裏腹に、彼は安心したようにホッと息を吐いてから小さく笑った。

その爽やかな笑顔を見たら、なんとも言えない気持ちになる。

だけどすぐにまた恥ずかしさが込みあげて、思わずギュッと瞼《まぶた》を閉じた。

だって、この誰が見てもイケメンで、画に描いたような好青年さんに、恋に飢えている女だと知られたのだ。

くだらない本を愛読している、変な奴だと思われているかもしれない。

「その本、値段を見たらけっこう高かったからさ。失くしたら落ち込むだろうなーって思ったんだ」

フォローされればされるほど恥ずかしくなって、私は余計に顔を上げられなくなった。

「あ、ありがとうございます、助かりました。それじゃあ私はこれで、失礼します」

それだけを言うのが精いっぱいで、再び定期を握《にぎ》りしめると改札に向けて踵《きびす》を返した。

一刻も早く、この場所から離れたかった。

今すぐにでも彼の前から消えて、すべてをなかったことにしたかった。

「……っ、待って！」

「――っ」

けれど、再び彼の声に呼び止められた。

驚いて弾かれたように振り向けば、なぜかほんのりと頬を赤く染めた彼と目が合って、息をのむ。

「あ……あの、名前……！　名前、聞いてもいいかな？」

「え……」

一瞬、何を言われているのかわからなかった。

それでも彼の様子があまりに必死に見えたから、私は思わずジッと彼の顔を見つめてしまった。

「い、いや……急に、ごめん。でもせめて、名前だけでも知りたくて……」

右手の甲で口元を隠して、視線を斜め下にそらした彼を見て思う。

あ……え、嘘。もしかして、この本の著者名？

まさか彼もこの本を気に入って、この本を書いた〝作者の名前〟を知りたいということだろうか。

「も、もしかして、興味あるんですか？」

「そ、それは――……っ！　興味がなかったら、わざわざここでずっと待ってないというか……気になるからどうしても会いたかったというか……」

「あー……俺、もうなに言ってんだろう」と続けた彼を前に、感動にも似た感情が沸き上がった。

これは、まさかの展開だ。

だってまさか、この親切なイケメンさんが、この本について話したくて私を待っていてくれたとは思いもしない。

「だから、あの……」

「こ……この本は、小春《こはる》さんという方が書いた本です」

「え……」

「私、この人の本が好きなんです。これは恋愛指南書だけど、ふだんは恋愛小説とかも書いている人で、ファンなんです」

嬉しくて、思わずはにかみながら答えていた。

すると、斜め下に落ちていた彼の目が弾かれたようにコチラを向いた。

もう、恥ずかしくもなんともなかった。

だって目の前にいる彼は、私の何倍も恥ずかしかったはずなのに、勇気を持ってこの本について聞くためにわざわざ私を待っていてくれたんだ。

「この本以外にも、探すといろいろありますよ」

「え、と……」

けれど私の言葉に戸惑いを見せた彼は、返事に困っているように見えた。

……どうしたんだろう。名前を教えてくれって言うから、本の著者名を教えたのに。

まだ何か、ほかにも聞きたいことがあるのかな？

「あ……そ、あ……な、なるほど」

「……？」

「そ、それ、小春さんって人が書いた本なんだね。そ、そっか……なるほど」

「……？」

ハテナ、だ。

続けて「う〜ん」と悩ましい声を出した彼は、続く言葉を必死に探している。

「あの……」

「ちょ、ちょっと待って！　え、と……。あ……っ、そ、そうだ！　そしたらその本のこと、もっといろいろ教えてくれない？」

「え……」

今度は、よく意味がわからなかった。

けれど、そう言う彼があまりにも真剣だから——。

なんとなく、そのお願いをむげにしてはいけないような気がしたんだ。

「ダ……ダメ、かな？」

「それはその、別にいいですけど……。でも教えるって言っても、どうやって？」

つまり彼は、この本を貸してほしいと言うのだろうか。

たしかに、男の子が買うにはハードルの高い本かもしれない。

けれど予想の斜め上を行く彼は、再び思いもよらないことを口にする。

——この本のことを、もっといろいろ教えてほしい。

その提案は私には、到底《とうてい》思いつかない方法だった。

「た、たとえばだけど。その本に書いてあることを、ふたりで実践するとか、どうかな？」

「この本に書いてあることを、ふたりで実践する？」

「う、うん。ほら——たしか第一節は、〝運命の出会いを演出しよう〟とか、なんとかだっただろ」

「……はい」

言われて改めて、私は抱えていた本へと視線を落とした。

【恋を叶える12のレッスン】

たしかにこの本の第一節には、今彼が言った言葉が記されていた。

「まずは、今の俺達の出会いを〝運命の出会い〟として、そのあとのレッスンをふたりで実践していく、とか」

「でも……」

「な、なんか、面白そうじゃない？」

面白そうかどうかはわからないけど、興味があることはたしかだった。

だって私はずっと、〝恋〟というものに憧れていた。

恋をした女の子は、どんな気持ちになるのだろう。

人を好きになるって、いったいどんな感覚なんだろう。

興味があるからこの本を買い、そして——さらに恋に、憧れた。

「運命の出会いを演出しよう、って……でも、この本に書いてある方法とは、すでにちょっと違うけど……」

言いながら、パラパラと冒頭の第一節のページをめくってみせる。

「朝の満員電車で痴漢にあったところを他校の先輩に助けてもらって急接近……。去り際に、そっと生徒手帳を落として彼との繋がりが消えないようにひと工夫！」

……って、あざとい。これ大丈夫？　それに実際、私が落としたのは生徒手帳ではなく、恥ずかしい恋愛指南書だった。

だからやっぱり、そもそもスタート地点からズレてしまっているような気がする。

「……大丈夫。似たようなものだよ」

……そうかな？

言い切った彼の言葉に思わず首を傾げたけれど、彼はどうやら本気のようだ。

ああ、もしかして……。

彼も私と同じで、恋に興味があるのだろうか。

だとしたら、彼とは話が合うかもしれない。

たっちゃんにはバカにされたけど、この本についても語りあえる友達ができるのは、すごく嬉しい。

「それで……どう？」

改めて尋ねられ、私はジッと彼の瞳の奥をのぞきこんだ。

なんとなく、悪い人ではないことは伝わってくる。

実際に、わざわざこの本を渡すために私を待っていてくれたのだから、良い人ではあるのだろう。

「……わかりました。それなら一緒に、恋について勉強しましょう」

言い終えて、再び本をそっと胸元に抱き寄せた。

すると、目の前の親切なイケメンさんはわかりやすくホッとしたように息を吐き、

「よっしゃ……」と、小さな声で呟いた。

「あの……？」

「あっ、ごめん、つい本音が……」

「本音？」

「っ、いや。その……」

なぜか狼狽《うろた》えはじめた彼をジッと見つめると、彼の頬が赤く染まった。

それを不思議に思いながらもそのまま見つめていれば、彼はまた思いもよらない言葉を口にする。

「ご、ごめん。今あんまり、こっち見ないでほしい、かも」

「え？」

「嬉しすぎて……今、俺、絶対、顔ヤバいから」

「……っ！」

そう言いながら、手の甲で自分の顔を隠した彼の耳は真っ赤に染まっていた。

それを見て、トクン、と心臓が跳ねたのは、どうしてなのかわからない。

「ヤバい。マジで顔がニヤける……」

次の瞬間、彼は無邪気な子どものように笑ってみせた。

その笑顔の破壊力と言ったらミサイル級で、私までつられて頬が熱くなった。

「あの、それで、俺──」

「な、名前っ！　名前、教えてください！」

動揺をごまかすために、私は慌てて口を開いた。

すると、一瞬だけ目を見開いて固まった彼は、すぐにまた穏やかな笑みを浮かべる。

「俺も今、自分の名前を言おうと思ったとこ。なんか、こういうのって以心伝心っぽくて嬉しいね」

「……っ！」

「……ゆうり、です。笹原結璃《ささはらゆうり》。駅の北口にある男子校に通う、高校二年」

──ユウリくん。

爽やかで綺麗な瞳を持つ彼に似合う、素敵な名前だと思った。

相変わらず高鳴り続けている心臓は、ちっとも収まりそうにない。

「わ、私は、白坂美織です。駅舎の裏側にある高校に通う、ユウリくんと同じ、高校二年生」

「みおり……」

なんとか深呼吸をしたあとで自分も自己紹介をすると、ユウリくんはとても柔らかに笑ってみせた。

「美織って、すごく綺麗な名前だね」

「え……」

「可愛い美織に、すごく合ってる名前だと思う」

――それは、つまり。なんて、聞く余裕は私にはない。

不意打ちで『可愛い』なんて言われて、今度は心臓が爆発しそうなほど高鳴った。

耳まで熱くなった顔は、間違いなく真っ赤に染まっているだろう。

美織という名前がすごく合っていると言われたことも、飛び跳ねたくなるほど嬉しかった。

「え、と。それじゃあ、これからなんて呼ぼうかな」

私から目をそらした彼は、口元に手を当てて考え込む。

その様子を見ているだけなのに私は彼が次に何を言うのか考えたらドキドキして落ち着かなかった。

「なんか、コレで呼んでほしい……とか、ある？」

「そ、それは……。ユ、ユウリくんの、好きなように呼んでもらって大丈夫」

同い年であることがわかったので、自然と敬語が抜けていた。

すると彼はしばらく考え込んだのち、私をチラリとうかがうように見てから、再びゆっくりと口を開いた。

「ミオ、って呼ばれたことある？」

「ミオ……は、たぶんない、かなぁ」

親友のたっちゃんを含めてこれまでずっと、『ミオリ』と呼ばれるばかりで『ミオ』という愛称で私を呼ぶ人はいなかった。

「それじゃあ俺は……ミオって呼んでもいい？　なんか特別っぽくて嬉しいし、ひとつくらい……ミオの一番になりたいし」

「……っ」

イタズラっ子のように笑う彼は、笑顔だけでもいろんな表情を持っていた。

――ミオ。

それは彼だけが呼ぶ、特別な私の名前。

なんだかくすぐったくて、恥ずかしい。

だけど、どうしてかすごく嬉しくて……。

胸の鼓動は、ドキドキと甘く優しく高鳴って、忙しい。

「それじゃあ、俺のことは──」

「わ……っ、私はっ。ユウリくんって呼びたい！」

「え？」

「その、あの……。ユウリくんっていうのも、ユウリくんに似合ったすごく綺麗な名前だと思ったから……」

慌てて口を開いて、正直な理由を言葉にした。

するとユウリくんは一瞬驚いた顔をして固まって、私の顔をジッと見つめる。

でも……どうしても、彼をそう呼びたかったんだ。

彼に似合う綺麗な名前だと思ったから、私は彼をそのままの名前で呼びたいと思ったの。

「だ、だから私は、ユウリくんって呼んでもいいかな……？」

「……うん、わかった」

ぽつりと言葉をこぼした彼の表情を見ることはできなかった。

私はただ、赤くなった自分の顔《かお》を隠すので精いっぱいで——私以上に耳を赤く染めた彼の表情に、気づけなかった。

「それじゃあ、これからよろしく。——ミオ」

数秒の沈黙のあと、渡されたのはそんな言葉だ。

同時に男の子らしい大きな手が、私の前に差し出される。

一瞬ためらったあとで、そっとその手を掴んだ私はゆっくりと俯いていた顔を持ち上げた。

私を見る目は真っ直ぐで、今度は目をそらさなかった。

これからはじまる、彼とのレッスン。

恋を叶える——ううん、恋を〝知る〟ための、12のレッスン。

「こちらこそ、よろしくね」

そう言って見つめあい微笑むと、ふたりの間にふわりと優しい風がそよいだ。

胸にはほんの少しの不安と大きな期待。

そんな私を前に彼はまぶしそうに目を細めると、とても綺麗に笑ってみせた。

レッスン02．お互いのことをよく知ろう

【ユウリside】


「なんだよそれ、バカじゃね？」

　男子校の朝の教室は、賑やかというよりうるさい。

話の内容はと言えば、やり込んでいるアプリゲームのイベントがどうだったとか、バイト先に可愛い女の子が入ってきただとか……。基本的に学生の本分である勉強に関する話題は、まったくと言っていいほど出てこない。

だけど、このむさ苦しくもバカバカしい空間が、どうしようもなく居心地が良かったりするから不思議だ。

「恋愛指南書の内容を、ふたりで実践していくって……どんな安いドラマだよ。くだらない」

「く、くだらないとか言うなよ……！　俺だって俺なりに考えて、なんとか、あとに繋げようと必死だったんだから……」

「ハァ……」

だんだんと語尾が小さくなる説明に、あからさまなため息という返事をくれたのは親友の〝ナル〟こと、佐鳴十夜《さなるとうや》だ。

ナルは頬杖をつきながら前の席に座る俺の顔をまじまじと眺めたあと、また大袈裟《おおげさ》なため息をついてみせる。

「ハァ〜……。逆に、くだらない以外の感想が思い浮かばなくて困ってるんだけど」

ピシャリと言い捨てたナルは、もう興味をなくしたように手元に開いた冒険漫画に目を落とした。

手足が伸びる少年が大活躍するその漫画は、先輩たちから代々受け継がれ、このクラスの学級文庫に紛れてロッカーの上に常備されている。

「例えば、くだらない以外で、どんな感想を言えばいいわけ？」

「そ、それは……っ、例えば、もっとこう……」

文句を言いかけて、言葉を止める。……いや、正確には続く言葉が出てこなかった。

なぜならナルの言うことは正しくて、俺の話を聞いたこのクラスの大半の奴らは笑い転げるか、今のナルのように「くだらない」と呆れるに違いない。

「で、でも……。本当に昨日は、そうするだけで精いっぱいだったんだよ。だって、あの子……ミオとの接点を作る方法が、ほかに思い浮かばなかったから」

椅子に後ろ向きに座り、背もたれに乗せた両腕に顎《あご》を乗せた俺は、ふてくされながらそっぽを向いた。

すると視界の端で茶色がかった髪がゆらりと揺れて、ビー玉みたいな茶色い瞳が真っすぐに俺を射抜く。

「だからって、そんな恋愛指南書の中身を実践しようってことにたどり着くかよ。っていうか、そんな話にホイホイつられて承諾するその女もどうかと思うし、その女もいろいろ大丈夫？」

「……っ、ミオのこと悪く言うなよ！　いくら相手がお前でも本気で怒るぞ！」

つい、力任せに机を叩いて立ち上がった。

突然声を荒らげた俺に対してクラスの数人がなにかあったのかとこちらを向いたけれど、俺の相手がナルだとわかると、すぐにまた日常の輪の中に戻っていく。

「俺のことはいくらでも悪く言っていいけど、ミオは関係ないだろ。ミオはただ、俺の勢いに押されて了承してくれただけで……」

ナルは動揺することもなく、俺のことをジッと見上げていた。

かく言う俺は自分で言いながら、改めて現実をつきつけられた気がして、また語尾が小さくなった。

実際自分でも昨日の一連のことを思い返すと、なぜあんなことを言ってしまったのかと頭を抱えたくもなる。

もっとほかに繋がりを持つ方法はあったかもしれないのに……。

『その本に書いてあることを、ふたりで実践するとか、どうかな？』

ほんと、なんであんなこと言っちゃったんだろう。

思い出すのは昨日の朝——ミオが落とした本を拾ったときのことだ。

以前から同じ電車で何度も彼女を見かけていた俺は、彼女……ミオに、惹かれていた。

毎朝、同じ時間、同じ車両に乗る女の子。

着ている制服は駅舎の裏側にある高校のもので、胸についた赤いリボンが印象的だった。

彼女の存在に気がついてから、約二カ月。

ずっと、ミオに話しかけたいと思っていた。

けれどキッカケが掴めなくて、ただ彼女を遠くから眺めていることしかできなかったんだ。

彼女はいつも、朝の通学電車に揺られながら本を読んでいた。

俺はそんな彼女が——もうずっと前から、気になっていた。

「そんなに好きなら、さっさと告白でもなんでもすればいいのにな」

「な……っ！」

サラッと言ってのけたナルの言葉に、カッと顔が赤くなる。

「昨日こそ、告白するチャンスだったんじゃないの」

「そ、そんな簡単じゃないんだよ……っ。俺たちは、お互いの名前すら知らなかったのに……。そんな奴に、いきなり告白とかされても引くに決まってるだろ！」

真っ赤な顔で反論すると、ナルが本日三度目のため息をついた。

その哀愁を漂わせた雰囲気も、やけに画になるから腹が立つ。

「いや、そうとも限らないだろ。ユウリの容姿なら、それだけでなびく女は多いんじゃない？」

当然のように言うナルだけど、思わずムッとしてしまう。

……それは、お前だろ。

いわゆるミステリアスとクールを持ちあわせて、ついでに頭の良さまで足したイケメンが、目の前にいるナルだ。

去年のバレンタインには、他校の女子から誰よりもチョコレートをもらっていた男でもあるし、そんなナルなら名前も知らない相手に告白しても頷いてもらえるんだろう。

いや……だけどチョコに関して言うなら、正確にはもらったのではなく、差し出されたと言ったほうが正しいのかもしれない。

なぜならナルは、差し出されたチョコレートをひとつも受け取ることなく、待ち伏せていた女の子たちに「鬱陶《うっとう》しい」と言いはなった男だ。

男子校に通う俺たちは極端に女子との出会いが少ない。

当然、翌日にはクラスのチョコレートゼロ男子からは非難が殺到したのだけれど、ナルは知ったことではないと言った様子で、自分で買ってきたカカオ85%のチョコレートをかじっていた。

「そもそも女なんて裏と表がある生き物で、どいつもこいつもバカのひとつ覚えみたいに、自撮り写真を見栄え良く加工することしか考えてないだろ」

吐き捨てるように言ったナルは眉間にシワを寄せて、忌《い》ま忌ましげに舌を鳴らした。

そんなナルに対して、つい言い返しそうになった言葉を咄嗟《とっさ》に飲み込む。

一見、非の打ち所のない男だけれど、ナルはナルでいろいろあって、少し屈折していたりもするんだ。

「……ナルの言いたいことも、わからないでもないけどさ。でも、すべての女の子が昔、お前を傷つけた子と同じってわけじゃないだろ」

諭《さと》すように言えば、ナルはバツが悪そうに眉根《まゆね》を寄せた。

「ナルだって、そこはちゃんとわかってるんだろ？　そんな偏見の目で相手を見て悪く言うのはお前らしくないし、自分の評価を下げるだけだから絶対にやめたほうがいいよ」

真っすぐにナルを見て伝えると、ナルは頬杖をついたまま「フン……ッ」と鼻を鳴らしてそっぽを向いた。

ナルの心の奥にある、大きな傷が見えて俺まで胸が痛くなる。

「俺は、ナルにもいつか──」

いつか、ナルの心の傷が癒されるような特別なキッカケが訪れたらいいと思ってる。

けれど、そう言いかけたとき、机の上に置いてあった携帯電話が震えた。

画面を見ると、【ミオ】という名前が表示されていて心臓が大袈裟に飛び跳ねた。

──ミオからのメッセージだ。

昨日、駅で連絡先を交換して、夜に何度かメッセージのやり取りをしていたのだけれど、途中で返事が途切れて以来だった。

「……ミオちゃんからだろ？　メッセージなら、早く返信したほうがいいんじゃないの」

言われてハッとした俺は、改めてナルへと目を向けた。

するとナルはもうスッカリいつもどおりの余裕たっぷりな表情を浮かべて、読みかけだった漫画のページをめくっている。

「い、言われなくてもわかってるよ……っ」

いつの間にかまた、形勢が逆転していた。

慌てて携帯電話に手を伸ばした俺は、メッセージの画面を開いて内容を確認した。

【おはよう。昨日は、途中で寝ちゃってごめんね。ユウリくんは、寝不足になってない？】

やっぱり、昨日の夜は途中で寝落ちしたんだ……。けっこう遅くまで、付き合わせちゃったもんな。

っていうか――、

「ヤバい、かわいい……」

メッセージの文面を読んだだけで、顔が勝手にニヤけてしまう。

「おはよう」と、ミオに目の前で実際に言われたみたいな気持ちになって、椅子に腰をおろした俺は思わず机の上に突っぷした。

なんだこれ、絵文字のせい？

カラフルな絵文字と文面の向こうにミオの気遣いが見えて、それだけでどうしようもなく顔がニヤけてしまう。

「……っ！」

と、またすぐに手の中で携帯電話が震えて、続くメッセージが届いたことを知らせてくれた。

【それで……昨日の話の続きなんだけど、ふたつめのレッスンは今日の放課後に実践？】

また可愛らしい絵文字とともに送られてきたメッセージに、いちいち顔がゆるんでしまった。

これまで名前すら知らなかった彼女と、画面越しに繋がっているということが、このうえなく嬉しいんだ。

……なんか、相当ヤバいな。

こんなにドキドキしながらメッセージのやり取りをするのは初めてで、送信ボタンを押すのもイチイチ緊張してしまう。

【おはよう。ありがとう、俺は大丈夫。それよりミオは、ちゃんと眠れた？】

【レッスンの実践は、予定どおり今日の放課後、駅前で集合してからやろう】

それでも精いっぱい、平静を装った返信をする。

するとまたすぐに、【私も眠れたよ。ありがとう。放課後の件、了解しました】と返事がきた。

「……ヤバい」

また勝手に、顔がニヤける。

ダメだとわかっていても、放課後、ミオに会えると思うと舞い上がってしまう。

なにより、メッセージの中でミオが【ユウリくん】と呼んでくれることが嬉しくてたまらなかった。

それだけじゃない。

彼女を、〝ミオ〟と呼べることも嬉くて仕方がない。

〝ミオ〟というのは、まだ、彼女が誰にも呼ばれたことのない特別な愛称だ。

つまり、俺だけが彼女のことをそう呼べるということで……。

「……顔面崩壊中のところ、悪いけど。ユウリさ。お前、ちゃんと自分が置かれてる状況わかってる？」

「……え？」

完全に浮足立っている俺を、地に足をつけたナルの冷静な声が現実へと引き戻した。

携帯電話から顔を上げてナルを見れば、切れ長の目が呆れたようにこちらを見ている。

「こっちはむさ苦しい男子校だけど、その……なんだっけ？　ミオちゃん？とかいう子が通ってるのは共学だろ」

「うん、そうだけど……」

「つまり、女子と男子の比率は、ほぼ五対五ってことだ。ミオちゃんの周りには常に俺らと同世代の男がいる。その中に、お前と同じようにミオちゃんに好意を抱いてる男がいてもおかしくない。……で、ユウリよりも同じ学校の男のほうが、一緒にいる時間は長い」

「──っ」

「つまり、何が言いたいかって言うと、圧倒的にお前は不利だ」

──俺以外にも、ミオに好意を抱いている男がいたら。

ナルの言葉に心臓がドクリと不穏な音を立てて、全身の血の気が引いていくような気持ちになった。

たしかに、ナルの言うとおりだ。

俺がミオに好意を抱いているのと同じように、俺以外にもミオに好意を寄せている男がミオの近くにはいるかもしれない。

「うかうかしてると、ほかの誰かに取られるぞ。そのときにまた、泣き言聞かされるのは嫌だから、ちゃんと気持ちは伝えろよ」

言い終えて、フイッと目をそらしたナルは、先ほど勢いでミオを悪く言ったことに、罪悪感を覚えていたのだろう。

大の女嫌いなくせに。

なんだかんだと応援してくれるナルは心の優しい奴で、やっぱり自慢の親友だ。

「ありがとう。肝《きも》に銘じておく」

笑って応えると、ナルはまた「フン」と鼻を鳴らして漫画のページをめくった。

まずは今日の放課後、どうするかを考えよう。

ミオに会ってちゃんと話して、できる限り正直な気持ちを伝えたい。

そう思ったらまた緊張が走ったけれど、それ以上に彼女に会えることが嬉しくてたまらなかった。

♡　♡　♡

「ユウリくん……っ、お待たせしました……っ！」

放課後、待ち合わせの場所である駅前で待っていると、予定の時間よりも十分遅れでミオがやってきた。

肩で息をするミオは、学校からここまで走ってきてくれたんだろう。

今日はふわふわの髪を耳の下でふたつに結んでいて、いつもと雰囲気が違ってみえる。首元にはほんのりと汗をかいていた。

「か、帰る前に課題のことで先生に捕まって……っ。それで、いつもより学校出るのが遅れちゃって……」

胸に手を当てて呼吸を整えるミオは、申し訳なさそうに俺を見上げた。

「……っ」

その、上目遣いがめちゃくちゃ可愛い……って言ったら、ミオはどんな顔をするだろう。

そもそも好きな子が待ち合わせに少し遅れたくらいじゃ、一ミリの苛立ちもない。

「……ユウリくん？」

「あ……っ、ご、ごめん。ミオに見惚れてた」

「え……」

ボーッとミオに見惚れていたら、本音が口をついて出た。

キョトンと目を丸くしたミオは、次の瞬間、顔を真っ赤にして固まってしまう。

「え、あ……え、と……」

狼狽える様子がまたどうしようもなく可愛くて、抱きしめたくて、たまらない。

……ああもう、ダメだ。俺、残念ながら完全に舞い上がってる。

「あ、あの、ユウリくん……」

「……ごめん、今のは忘れて。それよりさっそくだけど、レッスン2をはじめよう!」

慌てて話題を変えたけれど、ミオの頬は赤くなったままだった。

小さくて、細くて、髪の毛はふわふわで。雪のように白い肌と、俺を見る目は透きとおるように綺麗で、小動物みたいな女の子。

ふと、ナルに言われた『うかうかしてると、誰かに取られるぞ』という言葉が脳裏をよぎって、ざわざわと胸が騒いだ。

……わかってる。わかってるよ。

こんなに可愛い子なら、俺以外の誰かが狙っていてもおかしくない。

だけど、だからといって、今すぐどうにかできることでもないだろう？

俺たちはまだ昨日、お互いの名前を知ったばかりなんだから。

今のまま告白したって、あっという間にフラレるに決まってる。

「え、と……。そしたら今日は、〝お互いのことをよく知ろう〟かな？」

そう言いつつ、どうしようか迷っていると、春風のように優しい声が聞こえてきた。

ハッとしてミオを見ると、ミオは鞄の中から取り出した例の本を開いて、真剣な表《か》情《お》をしていた。

「え、と……。また参考になるかわからないけど、一応例文は……【相手のことを知るのは恋の第一歩！　クールに見える彼が実は猫好きだったり、平凡そうな彼女の秘密を知ることで、ふたりの距離はグーンと近づいちゃうかも☆】って書いてある」

本から目を上げて、困ったようにこちらを見るミオは、どこか不安そうにも見えた。

きっと、ミオが今こんな顔をしているのは俺のせいだ。

俺が『本の内容を実践しよう』なんて、とんでもない提案をしたから彼女を不安にさせている。

とにかく焦ってばかりじゃなにもはじまらない。

まずはこの本の言うとおり、お互いのことをよく知ることからはじめなきゃ。

俺は、もっと彼女のことを知りたくて……。

彼女に俺のことを知ってほしくて、俺とミオを繋いだ細く頼りない糸を必死に繋ぎ止めなきゃいけないんだ。

「うん、そうだね。じゃあ、そのお互いのことをよく知ろうってやつ、やってみよう」

肩の力を抜いて笑うと、ミオの表情も和らいだ。

俺が彼女を不安にさせたらダメだ。

ミオにはいつも、笑っていてほしい。……ううん、俺がミオを笑顔にしたい。

「じゃあ、今からここで——ひゃ……っ⁉」

そのとき、勢いよく駆けてきたサラリーマンの身体がミオにぶつかった。

そのはずみでよろめいたミオは危うく地面に倒れ込みそうになって、反射的に手を伸ばした俺は、倒れそうになった身体を抱きとめた。

「あ……っぶな……っ！」

間一髪だ。

次の瞬間、至近距離で目と目が合って、必然的に見つめあう形になる。

「……っ、ご、ごめんねっ」

胸にミオの頬が触れて、心臓がドクリと高鳴った。

また顔を真っ赤に染めたミオが、慌てて俺の身体から離れる。

……うわ、今、俺。

つられて自分まで顔が熱くなるのがわかって、慌てて手の甲で口元を隠して顔を背けた。

なんだよ、これ……。

こんな気持ちになるのは初めてで、ミオの顔を直視できない。

「け、ケガしなくて良かった。とりあえず、またぶつかったりしたら危ないし、駅の裏にある公園に行こうか？　あそこなら、そこそこ広くてベンチもあって、ゆっくり話せそうだしさ」

視線をそらしたままで提案すると、ミオは小さな声で「うん」と答えて頷いた。

心臓は、今にも爆発しそうだ。

まさか、こんなハプニングが起きるとは思わなかったから……。

「よし……行こう」

ひと足先に歩きだした俺は、またミオが誰かとぶつからないように、彼女を背にして守りながら駅の構内を歩いた。

歩幅の狭い彼女に合わせることすら幸せで、頬はしばらく熱を持ったままだった。

♡　♡　♡

「──あっちのベンチにしようか」

駐輪場を通り抜けてすぐの歩道橋を渡れば、目的の公園までは歩いて五分もかからなかった。

その間、ひとり分の微妙な距離をあけて並んで歩いた俺たちは、お互いのことではなくてあたりさわりのない話ばかりをしていた。

今日は寒かったね、だとか、今度駅の近くにクレープ屋ができるね、とか。

一番電車が混んでる時間帯は何時だとか、そんな話ばかりだ。

「寒くない？」

「だ、大丈夫。ありがとう」

その時間はあっという間だったような気もするし、ずいぶん長かったような気もする。

そうして公園にたどりついた俺たちは、大きな木の横に置かれたベンチに並んで腰かけた。

「……え、と」

「……あれだよね。お互いのこと、話そうか」

今日の課題は『お互いのことを、よく知ろう』だ。

「え、と……まず、何から話せば……」

ミオが言葉を探しながら、話しはじめる。

触れそうで触れあわない、微妙な距離で座りながら、俺はミオの言葉を待った。

不思議と、ミオが座っている右側だけが熱い気がする。

ミオの言葉を待っている間も、ドキドキして落ち着かなかった。

チラリと隣を見ると、ミオはほんのりと顔を赤く染めながら、石のように固まっている。

「……ふっ」

「え？」

「いや……。そんな、俺相手にガチガチにならなくても大丈夫だよ？　……って、俺も緊張してるから、人のこと言えないけど」

固まっているミオが可愛くて、つい笑ってしまった。

するとミオは俺の言葉に目を丸くしてから、とてもやわらかな笑みを浮かべた。

「緊張……しちゃうよ。だって、ユウリくんみたいにカッコイイ男の子と話すの、初めてだから……」

「……っ」

ふにゃりと笑いながらそんなことを言うミオに、今度は耳まで熱くなる。

「ユウリくん？」

「……っ、や、ごめん。なんでもない」

慌てて取りつくろったものの、やっぱりミオの顔を見ていられなくて視線をそらして口をつぐんだ。

……好きな子に、カッコイイとか言われて浮かれない男なんていないと思う。

っていうかミオ、今のが無自覚だとしたら、かなり鈍感だと思うんだけど……。

「……私ね、親友がいるんだ」

「え？」

「その子も男の子なんだけど、その子はカッコイイっていうより、可愛いって言葉のほうが似合う男の子で……」

ぽつり、ぽつりと話しだしたミオの声は落ち着いていた。

反対に俺はドキリとして、返す言葉に困ってしまった。

……ミオに、男の親友がいる？

え、それって俺にとってのナルみたいな存在ってことだよな？

つまり、相当仲が良いってことで、それこそナルに忠告されたみたいに、俺には勝てる見込みがないってことなんじゃ……。

「私の親友は、たっちゃんって言うんだけどね。たっちゃんは、私よりも女子力が高いんだよ」

「う……ん？　女子力？」

「うん。男の子だけど、私よりもめちゃくちゃ女の子なの。でも、いざというときはビシッと言ってくれて、頼りになって……。ユウリくんにも、そういう特別仲の良い友達っている？」

ニコニコと笑いながら尋ねるミオを前に、悶々《もんもん》とした気持ちが疑問に変わった。

女子力が高い男の親友？

それってどういう相手なの……とは、目をキラキラ輝かせながら話すミオを前にしたら、なんとなく聞きづらい。

「う……うん、俺にもいるよ。ナルって言うんだけど、頭も良くて、めちゃくちゃカッコイイ奴」

「へぇ、そうなんだ」

心に引っかかりは覚えたものの、今のミオの口ぶりから察するに、その〝たっちゃん〟という親友は、本当に友達という枠内の相手なんだろうと感じた。

ミオが、たっちゃんに特別な感情を抱いているようには聞こえなかったし……。

たっちゃんはどうかわからないけれど、ミオはたっちゃんを本当に親友だと思っているみたいだ。

「たっちゃんが聞いたら、悲鳴を上げて喜びそう」

「なんで？」

「たっちゃんね、イケメン観察が趣味なの。だから、ユウリくんとその……ナルくん？　カッコイイふたりが並んで歩いてるのを見たら、絶対キャーキャー叫びながら喜ぶよ」

「ふふっ」と面白そうに笑ったミオは、また暗に俺を「カッコイイ」と言ったことに自覚はないらしい。

もうほんと、いろいろ反則だと思うんだけど……。

「あ……ごめんね」

「え？」

「なんか、たっちゃんの話ばっかりしちゃって……。え、と。お互いのことをよく知ろう、だから、お互いのことを話さなきゃいけないんだよね……」

俺が黙り込んでしまったから、自分が課題と違う話をしてしまったと思ったんだろう。ミオが慌てて謝って次の話題を探そうとするから、俺も慌てて口を挟んだ。

「いや、全然いいよ。だって、ミオの親友の話だろ？　だから、聞けて良かった。話してくれて、ありがとう」

ミオより女子力が高くて、イケメン観察が趣味の……異性の、親友。いろいろ引っかかるところはあるけれど、ミオのことが知れて良かったと思うのは本心だ。

「本当に？」

「うん。ミオのことなら、どんなことでも知れたら嬉しいし」

笑って答えると、ミオは一瞬固まったあとで、またほんのりと顔を赤く染めて視線を左右に彷徨《さまよ》わせた。

「ミオ？」

何か、変なこと言ったかかな？

思わずキョトンとして首を傾げれば、ミオはキュッとスカートの裾を両手で掴んだ。

「……ユウリくん、って」

「うん？」

「無自覚で言ってる？」

「え？」

どういうこと？　っていうか、無自覚に俺のことをドキドキさせているのはミオのほうだろ？

だけど相変わらず真っ赤な顔をしているミオを前にしたら、そんなことは言えなかった。今はまだ少し照れくさいし、そもそも今の俺には余裕がない。

「え、と……。あ……そうだ。ミオって、誕生日はいつ？」

「え……」

「いや……ほら、〝お互いのことをよく知ろう〟っていうなら、まずはそこからかな？と思って」

何か話題を作らなきゃ、と思ったら、そんな基本的な質問しか思い浮かばなかった。

するとミオは、一瞬キョトンとしたあとで、すぐにハッとした様子で俺の質問に答えてくれた。

「じゅ、十二月二十六日だよ！」

「え、クリスマスのすぐ後⁉」

「う、うん。出産予定日は二十五日だったらしいんだけど、一日遅く産まれてきたみたいで……」

言い終えてから、照れくさそうに笑うミオは、「家族にはクリスマスと誕生日、一緒に祝われるパターンだよ」と言葉を続けた。

「ユウリくんの誕生日は？」

「俺は、十一月二十六日。ってことは、そうか。ちょうど一カ月違いだなんて、すごいな」

「たしかに……！　すごいね……！」

驚いたように声を弾ませたミオを前に、また顔がほころんでしまう。

誕生日が近いって、たったそれだけのことがこんなに嬉しいなんて、どうかしてる。

「……俺、さ。産まれる前は女の子だと思われてたらしいんだ」

「え？」

頭上でサワサワと、木々の擦れる音がした。

俺の言葉に驚いたように目を丸くしたミオは、話の続きを待っていた。

「母さんが妊娠中、医者に、お腹の中にいるのは女の子だって言われてたらしくて。だけど、いざ産まれてきたら男で、本当に驚いたって」

それは以前、両親から聞かされた話だった。

「で、名前をどうしようかってなったらしいんだけど、母さんが、どうしても〝ユウリ〟って名前にしたいって言って、そのままユウリになったんだって」

そう言って小さく笑うと、ミオはキョトンとしながら俺を見つめた。

子どもの頃は、名前が女の子みたいだと言われたこともあった。

実際、女の子に間違われたのも一度や二度ではないらしい。

「昔は名前のせいで女みたいだってからかわれたりして、嫌だなーとか思うこともあったんだけど。でも、親が悩んで決めた名前だと思うと今はけっこう気に入ってて」

「そうなんだ……」

「うん。俺の名前の結璃って、〝人との結びつきを宝物のように大切にしてほしい〟って意味が込められてるらしいんだ。だから、そう考えたら悪くない名前だなーって思ったりしてさ」

高校生になった今ではスッカリ周りにも馴染《なじ》んで、女みたいな名前だとかなんだとか、くだらないことを言う奴もいなくなった。

「だからさ、昨日ミオに、ユウリって俺に似合った綺麗な名前だって言われて、すごく嬉しかった。昨日は照れくさくて言えなかったけど、ありがとう。ミオにユウリって呼んでもらって、もっと自分の名前を好きになれたような気がする」

ミオに名前を呼ばれるだけで、やっぱり俺は彼女のことが好きなんだと思うんだ。

「あと、ミオのことを〝ミオ〟って呼べるのも嬉しい。俺だけのミオ、って感じがして……特別に、ミオを独占できてる気がする」

素直に思ったことを口にした。

けれど俺のその言葉にミオは一瞬固まってから、ボッ！と効果音でもつきそうなくらい顔を真っ赤にして固まった。

「ミオ？」

「ふ、あ……」

プシューっと湯気でも出そうなくらいに真っ赤になったミオを前に、キョトンとして首を傾げる。

するとミオは、ハッと我に返ったように数回瞬きを繰り返して俺から目をそらすと、

「やっぱりズルい」と小さな声で呟いた。

「ズルい？」

「う、ううん、なんでもないっ。え、と……。それじゃあ、ユウリくんの名前は、お母さんがつけてくれたんだ？」

「うん。ミオの名前は、誰がつけてくれたの？」

「わ、私の名前は、お父さんみたい。〝自分の人生を、美しく織り成していってほしい〟って意味が込められてるみたいで……」

「へぇ、それで美織、か。やっぱりミオに似合った、すてきな名前だね」

素直な感想を述べると、ミオはさらに真っ赤になって俯いた。

「ユ、ユウリくんは、どうしてそんなに私のこと——」

「うん？」

「う、ううん。なんていうか、ふだん、たっちゃんにはからかわれてばっかりいるから、そんなふうに褒めてもらうのって慣れなくって……」

そう言ったミオは、またスカートの裾をキュッと握りしめた。

不意に吹いた風が足元の落ち葉を踊らせて、空の向こうにさらってしまう。

また、胸の奥がざわめいた。

「ミオ。そのたっちゃんは、ミオにとって——」

ミオにとって、恋愛対象ではないの？

そう尋ねようとしたとき、少し離れた場所から警笛《けいてき》のような子どもの悲鳴が聞こえて俺たちは同時に動きを止めた。

「わーーっ、誰かぁ〜〜っ」

弾かれたように顔を上げ、声のしたほうへと目をやれば、小学校低学年くらいの男の子がふたり、木の下に集まっているのが見えた。

「あ……っ！」

ミオが、何かを見つけて声を上げる。

男の子たちが見上げている木の上を見ると、彼らと同じくらいの男の子がひとり、二股に分かれた木の幹にまたがっているのが見えた。

「大丈夫だって！　飛び降りれば、普通に降りられるから！」

下にいる男の子が木の上にまたがっている男の子に声をかけているけれど、木の上の男の子は幹にしっかりと抱きついて動かない。

「む、無理だよ……っ。降りられるわけないっ!!」

さっきの悲鳴の正体は、あの男の子らしい。

たぶん、三人で木登りをしていて、あの子だけ降りられなくなったんだ。

「ど、どうしよう、ユウリくん……っ。誰か、大人を呼んでこなきゃ――」

「大丈夫。俺が行くよ」

「え……」

「ちょっと待ってて」

そう言ってベンチから立ち上がると、駆け足で彼らのもとへ向かった。

結局ミオもついてきて、俺が足を止めた数歩後ろで立ち止まる。

「おーい、平気か？」

声をかけると小学生たちが振り返った。

「え……あっ！」

「す、すみません。みんなで木登りしてたんだけど、アイツだけ降りられなくなっちゃって……」

「うん、そんな感じだな。とりあえず、ハイ。手を伸ばせる？　俺の首に、腕を回していいから」

こういうとき、一八〇センチの身長がそれなりに役に立つなと思う。

小学生が降りられないと泣いている木は、ほんの目と鼻の先で、男の子が腕を伸ばしてくれればすぐに抱きかかえることができた。

「うっ、う〜〜っ」

グシャグシャな顔で泣いている男の子は、俺の言葉に素直に頷き、手を伸ばした。

本当に怖くてたまらなかったんだろう。登るときは案外平気でも、高さのあるところから下を見ると足がすくむのは、木登りのあるあるだ。

「うう――っ。こ、怖かったよぉ……」

「うん、よくがんばったな。でも、今度からは気をつけろよ。足を滑らせて落ちることだってあるんだし、あんまり無茶しないように」

泣いている男の子をなだめながら、地面に降ろした。

そうして助けた男の子と、下から声をかけていたふたりを並ばせて注意をすれば、三人は申し訳なさそうに「すみませんでした」と言って俯いた。

「とりあえず、木登りはもう少し大きくなってから……」

「あ……ちょっと待って、ケガしてる！」

「え……」

そのとき、一連の出来事を後ろで見守っていたミオが声を上げた。

助けた男の子は右肘を擦りむいていて、赤く血が滲《にじ》み出ている。

「ほら、こっち来て」

ミオはその子の手を引くと、近くの水道で傷口を洗ってあげて鞄の中から絆創膏《ばんそうこう》を取り出し、男の子の肘に貼りつけた。

黒猫の絵柄の可愛い絆創膏だ。男の子は複雑な表情で、自分の肘を眺めていた。

「これでよし。家に帰ったら、お家の人にちゃんと消毒してもらってね？」

けれど、ミオがニッコリ笑うと、男の子は顔を真っ赤にしてから「ありがとうございます」と頷いた。

——その様子を見ながら、なんかちょっと、イラッとしたのは気のせい？

うん。たぶん、気のせいじゃないし、これってヤキモチ？　俺の心が狭いのか。

「じゃあね！　気をつけて帰ってね！」

いつの間にか手を振って三人を見送るミオを、半歩後ろから見つめた。

ふわふわと、ふたつに結んだ髪の毛先が風に揺れている。

花が開いたみたいに笑うミオが可愛くて、胸が締めつけられたように苦しかった。

例えば今、俺が『好きだ』と言ったらミオはどんな顔をするんだろう。

たぶんきっと、すごく困った顔をするに違いない。

当然といえば、当然だ。だって俺たちは、昨日初めてお互いの名前を知ったばかりなんだから。

だからミオは俺に告白なんてされたら、泣きそうな顔で『ごめんなさい』と断るはずだ。そう考えただけで、胸が針で刺されたようにチクチクと痛んで心は重石《おもし》が落ちてきたみたいに重くなった。

こんな気持ちになるのは初めてで——やっぱり、どうするのが正解なのかわからない。

「ミオは……すごいな」

「え？」

「絆創膏。いつも、持ち歩いてるんだ？」

尋ねると、ミオは照れくさそうに頷いた。その仕草も可愛い。

今この瞬間、後ろからギュッと抱きしめたら、小さなミオは俺の腕の中にすっぽり収まってしまうんだろう。

「でも、背の高いユウリくんがいて良かった」

「ん？」

「だって、絆創膏持ってただけじゃ、どうにもできなかったもん。私ひとりじゃ、どうしていいかわからなかったよ。だから、ユウリくんがいて良かった。ありがとう」

無防備に、ふにゃりと笑ったミオを前にしたら、身体が自然と動いていた。

——抱きしめたい。なんて、直前にそんなことを考えていたせいだろう。

思わず腕を伸ばしてギュッと小さな身体を閉じ込めると、ミオの身体は俺の身体にすんなりと、収まった。

「ユ、ユ、ユ、ユウリくん……⁉」

「……っ、う、わっ⁉　ご、ごめん、俺——」

一瞬の出来事に驚いたのは俺自身も同じで、慌てて身体を離して一歩距離を取った。

「ほ、本当にごめん……っ！」

必死に謝ったものの、ミオは茫然として固まっている。

とんでもないことをしてしまった——と思っても、あとの祭りだ。

なんと言い訳をしたところで無理だろう。

「……っ、も、もう二度と、しないから！」

咄嗟に声を上げたけれど、ミオの返事を聞くのが怖い。

ミオは今度こそ押し黙ってしまって、重い沈黙に息が詰まりそうになる。

少しずつ、お互いのことを知っていこうと思っていたのに。これじゃあ、もう全部台無しだ。

「ミオ、俺……」

「ア、アメリカ式のハグ？」

「……へ？」

「ほら、こう……なんていうか。アメリカだと、お礼とか挨拶で、相手をギュッとしたりするから、今のもそうなのかなと思って……」

……いや、そうじゃないけど。全然、そうじゃないけど……。

とは、口が裂けても言えなかった。

「う、うん。ごめん、そんな感じ！」

慌ててミオの勘違いに乗っかると、ミオは「やっぱり」と安堵《あんど》の息をついて小さく笑った。

とりあえず、良かった……のか？

よくよく考えると全然良くない気もするけれど、今はもう、これ以上の難しいことを考える余裕はなかった。

「今日はいろいろ、ありがとう。ユウリくんのこと……少しだけでも知れて良かった」

ふわりと笑うミオを前に、胸が高鳴る。

「俺のほうこそ……ありがとう」

ミオもまた小さく「……うん」と答えてくれた。

きっと、お互いのことを知るにはまだまだ時間が必要だ。

今は一瞬一瞬を大事にしよう。何より……ミオのことを、大事にしたい。

そしていつか、お互いのことを理解しあえたら、想いを伝えられたらいい。

「そろそろ……帰ろっか」

そう言って笑うと、ミオも笑って頷いてくれた。

隣で、好きな子が笑ってくれる。

今はそれだけのことが途方もなく幸せに感じて、自然と心が前を向いた。

レッスン03．会えない時間は、電話で距離を縮めよう

【ミオside】

「バ……ッカじゃないの～、ほんと、くだらないっ」

六限目は、苦手な数学の授業だった。

謎の公式と、わけのわからない数字が並んでいる黒板は、子守唄よりも眠気を誘う効果がある。

「ねぇ、ちょっと美織。僕の話、聞いてるの⁉」

「聞いてるよ……めちゃくちゃ聞いてる……」

騒がしい放課後の教室に、たっちゃんの呆れた声が響いた。

私が教科書とノートを鞄に詰めながら相槌《あいづち》を打てば、今日もメイクに余念のない親友は特大のため息をついてみせた。

「ハァ～～～。それで結局、昨日もその変な奴に会ったんでしょ⁉　なのに今日は家に帰ったらテレビ電話⁉　ほんと、ありえない！　考えられない！」

キーッと効果音でも聞こえてきそうなくらいに声を上げたたっちゃんは、ネイビーに染められた前髪をかき上げる。

ユウリくんに恋愛指南書を拾ってもらって、書いてあることを実践しようという約束をしてから、今日で三日目だ。

本を拾ってもらったのが一日目。そして昨日はレッスンを実践するために、ふたりで近くの公園に行き、お互いのことを話した。

「そんな恋愛指南書を実践しようなんていう男は、ろくなもんじゃないから！」

「だから、なんでそんなこと、たっちゃんがわかるのっ。昨日だってユウリくんは、木に登って降りられなくなった男の子を助けてあげたんだよ？　優しくて、とってもいい人なんだから！」

たまらず反論すると、たっちゃんの眉間のシワは深くなった。

だけど、木登りをしていて降りられなくなった小学生を、あっという間に助けたユウリくんは本当にカッコ良かったし、素敵だった。

泣いている男の子を頭ごなしに叱るでもなく、見てみぬフリをするでもなく、次からは気をつけるようにと諭したんだ。

その様子をハラハラしながら見ていることしかできなかった私と違って、ユウリくんはとても頼りになる男の子だと思った。

「そんなの、木登りしてる小学生も、そのユウリとかいう奴の仕込みかもしれないでしょ！」

「し、仕込みって……。ドラマの撮影でもあるまいし……」

綺麗な顔を般若《はんにゃ》のように変えたたっちゃんは、私の返事に納得がいかないようで、ご立腹《りっぷく》だ。

昨日の朝、私がユウリくんとの経緯を説明したところから、今すぐそんな関係は解消したほうがいいとの意見を貫いている。

もう何度「バカ」だと言われたかわからないし、ため息だって何度つかれたかもわからない。

「当たり前でしょ！　美織主演のドラマとか見たくないしっ！　絶対つまんないに決まってるもん！」

「な……っ、なんなの、もうっ！　そんなの私が一番よくわかってるし、ただのもののたとえでしょっ」

言い返すと、フンッ！と鼻を鳴らしたたっちゃんが、腕を組んでそっぽを向いた。

もう！　ほんとになんなの、この嫌味大魔王！

昨日、ユウリくんにさんざん楽しくたっちゃんのことを話した自分がバカみたいだ。

ユウリくんは、そんな私の話を「聞けて嬉しかった」とまで言ってくれたのに……。

ユウリくんにも申し訳ない気持ちになる。

「ユウリくん、すごく優しい人だよ。ユウリくんも、この本の作者の小春さんのファンみたいだし、昨日もそれでお互いのことを話しただけでとくに変なことは何も──」

けれど、事の発端である本を手に持ち、そこまで言いかけたところで、ふと、あることを思い出した。

木登りしていた男の子を助けて見送ったあと、私たちはふたりきりになって……。

「う、……あ」

「……美織？」

「う、ううんっ。な、なんでもないっ！」

思い出したら顔が熱を帯びていくのがわかった。慌てて手に持っていた本を鞄の中に押し込んだけれど、一度思い出してしまうと昨日の光景がなかなか頭から離れない。

昨日は二回も、ユウリくんに抱きしめられたんだ……。

一度目は駅でサラリーマンとぶつかって転びそうになったところを抱きとめられた。

あれは事故だとしても、二度目はアメリカ式のお礼で突然ギュッとされてしまった。

「……やっぱり、何かされたんじゃないの」

「え、は、えっ⁉ そ、そ、そんなことないよっ！」

思わずブンブンと顔を左右に振ると、やっぱりたっちゃんには疑いの目で見られてしまった。

ハプニングなのだから、私がいちいち意識することじゃないし、わざわざ報告することでもない。

まぁ……強いて言うなら、私は生粋《きっすい》の日本人でアメリカ式の挨拶には慣れてないから、二度目のハグは、さすがに驚いちゃったけど――。

「一度、美織の頭の中を見てみたいっ。きっと、立派なお花畑なんだろうねぇ？」

「う……っ」

斜め上から見下されて、私は返す言葉を失った。

実際、たっちゃんの言うことは一理あるとも思うから、余計にだ。

もともと、恋に恋する私の頭の中はお花畑に近いだろう。

加えて、恋愛指南書に書いてあることを実践してみようなんて、誰が聞いても変な話だと思う。

「でも……」

それでもあのとき、ユウリくんの真っすぐな目に見つめられたら、断れなかった。

……ううん。私自身も、ユウリくんからの提案を受けてみたいと思ったんだ。

だって私はずっと、〝恋〟というものを知りたかったから。

人を好きになるって、いったいどんな気持ちになるのか……ずっと前から、知りたかった。

「バカバカしいっ。ほんと、バカバカしい。そんな、恋愛指南書の中身を実践したからって、恋ってものの本質がわかるわけじゃないでしょ⁉」

たっちゃんの言うことは、もっともだと思う。本に書かれていることを実践してみたところで、本当の意味で自分が恋を知ることができるわけじゃない。

「美織もその男もほんとに変だし、ありえない！」

腕を組み、毒を吐き続けるたっちゃんの怒りはちっとも収まる気配がなかった。

私はそんな親友を前に顔を上げると、一度だけ小さく息を吐いてから、とても静かに口を開く。

「変なことになってるっていうのは、よくわかってるよ。でも……たっちゃんは、ユウリくんに会ったこともないでしょ？」

「そりゃそうでしょ……っ！　美織だって、そのユウリとかいう奴とは、一昨日初めて話したんだからっ」

フンッ！と鼻を鳴らして、そっぽ向いたたっちゃんは、腰に手を当て眉根を寄せた。

「うん。だから、お願いだから、これ以上ユウリくんのことは悪く言わないで。会ったこともない相手のことを悪く言うのは違うと思うし、私、たっちゃんにはそういうことしてほしくないよ」

「そ、それは……っ」

けれど、真っすぐにたっちゃんを見つめて言った私の言葉に、綺麗なグレーの瞳がわずかに揺れた。

「私への批判だったら、いくらでも受け止めるよ？　でも、憶測でいろいろ言って相手を傷つけるようなことだけは、絶対にしたらダメだよ」

私の言葉に、まだ何か言い足りなさそうにしていたたっちゃんが、眉尻を下げて押し黙った。

言おうか言わまいか迷った。でもやっぱり、これ以上、黙っていられなかったんだ。

それは私が、たっちゃんのことを大切に思っているからこそ。

私は、たっちゃんのことが大好きだ。

だからこそ、たっちゃんには陰口を叩くような卑劣《ひれつ》なことはしてほしくないし、憶測で誰かをおとしめるようなことも絶対にしてほしくない。

「……でも、心配なんだよ」

「え？」

「だってまた──美織が、傷つくんじゃないかと思って、心配なんだ」

数秒あけて、たっちゃんは続けた。

「美織には、もう傷ついてほしくないから。だから……すごく、心配なんだ」

──私が、傷つく。

ズキリと胸が痛んだのは、たっちゃんの言葉に過去の記憶を呼び起こされたからだった。

『お前なんて、愛美さんのオマケのくせに』

脳裏をよぎるのは私を見る、冷たい目。

鋭い棘のような声が凶器になって、私の心を強く、深く、突き刺した。

「ユウリだって……アイツみたいに、美織のお姉ちゃんが目的で近づいてきてるのかもしれないだろ」

言われてようやく、私はなんでこんなにたっちゃんが、ユウリくんとのことを反対しているのか気がついた。

……ああ、そうか。たっちゃんは、心配してくれていたんだ。

私って、ほんとにバカだ。

鈍い私とは違って慎重なたっちゃんは、いつだって一手先のことまで考えている。

「だから、僕は……」

「……たっちゃん、ごめんね。ありがとう」

長いまつ毛を伏せたたっちゃんを前に小さく笑うと、たっちゃんはハッとして顔を上げた。苦々しげに寄せられた眉根に、チクリと胸が痛んでしまう。

「ごめんね、気がつかなくて。たっちゃんは私を心配してくれてたのに……」

素直に謝ると、カーッと顔を赤くしたたっちゃんは、フンッ！と鼻を鳴らしてそっぽを向いた。

「たっちゃん……」

「べ……別にっ。僕はあとあと、アホみたいに落ち込む美織を慰めるのが、面倒くさいって思っただけだし……っ」

たっちゃんらしい毒のあるもの言いに、思わずクスリと笑ってしまった。

同時に思い出すのは昨日何度も見た、ユウリくんのやわらかな笑顔だ。

『へぇ、それで美織、か。やっぱりミオに似合った、すてきな名前だね』

スラリと背が高く引きしまった身体と、男の子らしい腕に、大きな手。

何度も何度も私を褒めてくれる、春の風のように優しい声は心地よかった。

『ユ、ユウリくんは、どうしてそんなに私のこと――』

どうしてそんなに私のこと、褒めてくれるの？

あのとき言葉を止めたのは、答えを聞くのが照れくさかったから。

些細《ささい》なことまで拾って私を褒めてくれるユウリくんの言葉は真っすぐだから、ぶつけられると心がとても、くすぐったい。

けれど、同時に思い浮かぶのは——遠い記憶の中で重なる、〝ある男の子〟の寂しそうな笑顔だった。

『恋をしたこともないお前に、俺の気持ちの何がわかるっていうんだよ』

棘のある声は今も心に刺さったままで、時々……どうしようもなく、痛むんだ。

「ちゃんと気をつけるね、ありがとう」

もう一度たっちゃんにお礼を言うと、たっちゃんは、それ以上、何も言おうとはしなかった。

……ありがとう、たっちゃん。私はやっぱり、たっちゃんのことが大好きだ。

大好きで大切な、かけがえのない大事な友達。

「じゃあ、また明日——」

そうして、たっちゃんと別れて教室を出ようとすると、スカートのポケットの中で携帯電話が震えた。

慌てて取り出して見れば、ユウリくんからのメッセージが届いていて、思わず心臓がトクリと跳ねる。

……なんだろう。

恐る恐るメッセージを開いてみると、レッスンについての話の続きが書かれていた。

【夕飯を食べ終わったら、連絡して】とのことだ。

「……っ」

反射的に、ギュッと携帯電話を握りしめた私は、とても小さく息を吐く。

たった今、たっちゃんに忠告をされたばかりなのに……メッセージを読んだだけでドキドキするのは、どうしてだろう?

「は、早く帰らなきゃっ」

足早に歩きだした。

はやる鼓動を駆け足でごまかして、私はひとり、家路を急いだ。

♡ ♡ ♡

「……こ、こんな感じで大丈夫かなぁ」

学校から帰ってきた私が一番にはじめたのは、散らかった部屋の掃除だった。

一週間ぶりに整理整頓された本棚、ピカピカにふいた机を見て息をつく。

ついでに、鏡の前で着ている部屋着と前髪をチェックした。

部屋着もなるべく変じゃないものを選んだし、前髪は外出仕様で整えたから……たぶん、これで、大丈夫だよね？

「ふぅ……」

高鳴る鼓動を落ち着かせるように胸に手を置き、息を吐く。

今日はこれから、ユウリくんとレッスンの続きを実践するのだ。

そのために急いで夕飯を食べたから、家族には何かあったのかと不思議がられてしまった。

「え、と……」

机の上に置いてある恋愛指南書のページをめくってみる。

そうすればそこには今日の実践内容が書かれていて、なんだか頬が熱くなった。

「会えない時間は、電話で距離を縮めよう……」

そのタイトルの横に書かれた例文には、【学校が違ったり、歳が違う先輩後輩の関係でも大丈夫！　会えない時間も大切にして相手をドキドキさせちゃおう☆】なんて、愉快な言葉が綴られていた。

「う〜ん……」

それにしても相変わらず、あまり参考にならない例文だ。

たしかにたっちゃんの言うとおり、そもそもこれで恋について知ろうというのが、おかしな話なのかもしれない。

だけどそれも今さらだ。今日はこれから、この内容に沿って、ユウリくんとテレビ電話をすることになっている。

「わ……っ！」

そのとき、予告なく携帯電話が震えた。

慌てて通話ボタンを押した私は画面に映った顔を見て、カーッと顔が熱くなるのがわかった。

『……あ、わっ。……ミオ？』

「は、はい……っ！　こちら、ミオですます……っ！」

反射的に答えたら、舌がもつれた。

咄嗟に手で口元を隠すと、画面の向こうのユウリくんが小さく吹きだし、くしゃりと笑った。

『ふ……っ、はっ。なにそれ、可愛すぎ』

「～～……っ」

キラキラした笑顔でユウリくんがそんなことを言うから、からかわれたとわかっていても、ドキドキする。

ユウリくんは可愛いだとか、不意打ちでサラッと言うから……。

言われたほうは、いちいちドキドキしちゃうんだ。

『あー、と。……ごめん。もう電話して大丈夫だった？』

「う、うんっ、大丈夫！　夕ごはんも食べ終わったし、ちょうど部屋の片づけも終わったところで――」

と、そこまで言いかけて、慌てて口をつぐんだ。

わ、私のバカ……！　別に、部屋を掃除したことは、わざわざ言わなくてもよかったのに！

「あ、そのっ、い、今のは……っ。い、いつもね？　部屋が汚いってわけじゃなくて、あの、その……っ」

必死に言い訳を探したけれど、あとの祭りだ。

そもそもふだんからお母さんの言うとおり、きちんと部屋の掃除をしていれば、こんな恥をかかずにすんだんだ。

「うう……っ」

『ふ、はっ。さっきからミオ、慌てすぎ。大丈夫だよ。……っていうか、俺も学校から帰ってきて、ダッシュで部屋の掃除したし』

「え……ユウリくんも？」

『うん。……だって、ミオとテレビ電話するのに、散らかった部屋とか見られるの恥ずかしいじゃん。ちょっとでも良いところ、見せたいし』

そう言うと、手の甲で口元を隠したユウリくんは画面の向こうで、ふい、と顔をそらした。代わりに映った耳は、ほんのりと赤く染まっている。

『あー……ごめん。なんか、カッコ悪いな』

ぽつりとこぼされた言葉に、やっぱりドキドキしてしまう。

それと同時に、安心している自分もいた。

『あ……っ。俺も別に、ふだんから部屋を汚くしてるわけじゃないよ？』

慌てて言い訳するユウリくんが、なんだか可愛い。

ああ、そうか――。ユウリくんも、私と同じだったんだ。

これからテレビ電話をすると思ったら、緊張して落ち着かなくて。自分と同じように急いで部屋を片づけているユウリくんを想像したら、なんだか少しおかしくなった。

「ふ……、ふふ……っ」

『あー、ミオ、笑ったな？　全然信じてないだろ。ほんとにそんな、いつも散らかってるとかないからな？』

必死に弁解するユウリくんが面白くて、余計に笑わずにはいられない。

「ふふっ、そうなんだ。なるほどです」

『うわ、やっぱり信じてないだろ。ほんとに今日はたまたま、昨日の夜、弟が俺の部屋にゲームをしにきて、そのせいで部屋が散らかってただけで……』

「え……ユウリくん、弟さんがいるの？」

『え？　うん。いるよ。ひとつ年下で、今高校一年生』

「そう、なんだ……」

不意打ちで知らされた新事実に、思わず口ごもってしまった。

そっか……。ユウリくん、弟がいるんだ。

言われてみればたしかに、面倒見も良さそうだし納得だ。

『ミオは？』

「え？」

『きょうだいとかいる？　あ……でも、ミオはしっかりしてるイメージだから、妹とか弟とかいそう』

ユウリくんのその質問に、私は一瞬返事に迷ってしまった。

脳裏《のうり》をよぎるのは放課後の教室で、たっちゃんに言われた言葉だ。

『ユウリだって……アイツみたいに、美織のお姉ちゃんが目的で、近づいてきてるかもしれないだろ』

ユウリくんも、私のお姉ちゃん目当てで……。

でも、今のユウリくんの口ぶりだと、お姉ちゃんのことを知らないふうにも聞こえてしまう。

『ミオ？　どうした？』

「え……あ、ご、ごめんなさい。え、と……私は、お姉ちゃんがひとりいるよ」

『へぇ、そうなんだ。意外。今言ったみたいに、ほら、ミオって昨日も絆創膏を持ち歩いてたり……しっかりしてるイメージだから、年下のきょうだいがいるかと思った』

そう言うユウリくんは嘘をついているようには思えなくて、やっぱり、私のお姉ちゃんのことは知らないようだった。

「しっかりしてるなんて……、そんなふうに言ってくれるのはユウリくんだけだよ。たっちゃんにはいつも、美織は鈍くさい、ノロマだーってバカにされてばかりだし」

『……そうなんだ』

ぽつりと言ったユウリくんは、一瞬、曖昧《あいまい》な笑みを浮かべた。

何かを言いたそうな様子に、思わず首を傾げてしまう。

「ユウリくん？」

『いや……ううん、なんでもない。じゃあ、ミオは姉妹ってことだね』

「うん。お姉ちゃんは……すごく美人で可愛くて、昔から、めちゃくちゃモテるんだよ」

精いっぱい平静を装って答えたけれど、心臓はドクドクと不穏な音を立てていた。

ユウリくんの返事を聞くのが怖い。

だって、もしも——本当にたっちゃんの言うとおり、ユウリくんもお姉ちゃん目当てで私に近づいてきたんだとしたら？

今も、あえてお姉ちゃんのことを知らないフリをして、家族の話題を出したんだとしたら？

そのとき、私はどうするんだろう。私は……どうするべきなんだろう。

「お姉ちゃんは本当に可愛くて、天使みたいだって昔から評判なの。だから……」

『へぇ、そうなんだ？　すごいね』

「……え？」

『ん？』

「え……え、と」

『うん？　どうしたの？』

「そ、それだけ……？」

『え？』

予想外の返事に目を丸くすると、ユウリくんが画面の向こうで不思議そうに首を傾げた。

平凡な顔の私とは違って、誰もが振り返る美人で、天使みたいに可愛いと評判のお姉ちゃん。

そんなお姉ちゃんの話をすると、たいていの人は写真ないの？とか、見たい！って言うのに、ユウリくんは……そうじゃないの？

『それだけ……だけど。え……俺、何か変なこと言った？』

私の問いに、戸惑った様子のユウリくんはキョトンと目を丸くした。

『もしかして俺、何か今、失礼なこと言った？』

「う、ううん！　そうじゃないの！　ただ、その……。私のお姉ちゃんがすごく可愛いって聞くと、みんな、お姉ちゃんを見たいって言うから……」

慌てて答えると、ユウリくんは意外そうに目を見開いた。

その反応が私にとってはまた意外なもので、どんな顔をしたらいいのかわからなくなってしまう。

『え、何それ。俺、たぶんミオ以外の女の子のこと、可愛いとか思えないよ』

「……っ」

『だから別に、ミオのお姉さんの写真を見たいとか思わないけど……』

続けられた言葉に、また顔が熱を持つのがわかった。

ま、また可愛いって言われた……。

その上、私以外の女の子のことは可愛いとは思えないって、どういう意味？

いったい、ユウリくんの目には私はどんなふうに映ってるんだろう。

だけど、今のユウリくんが嘘をついているようには思えなくて、余計にどんな顔をしたらいいかわからなくなった。

……仮に、今のユウリくんの言葉が本当なら、ユウリくんは私のお姉ちゃん目当てで私に近づいてきたわけではないということだ。

そう思うとさらにドキドキして、身体が熱くなって落ち着かない。

『ミオ？』

「う……ううんっ、なんでもないっ。な、なんだか、部屋が暑くって！」

『そうなんだ？』

手でパタパタと自分の顔をあおぎながら、ゆるんだ口元を必死に隠した。

──嬉しい、なんて。なんだか変だ。

お世辞だとわかっていても、ユウリくんに可愛いと言われて照れてしまう。

何より、ユウリくんがお姉ちゃん目当てで私に近づいてきたわけではないと知って、心から安心してしまったんだ。

『ところでさ、ミオは、もうテスト勉強とかしてる？』

「へ？　あ……う、ううん、まだ」

『そっか。そしたら今から少し、一緒にやらない？』

ユウリくんはそう言うと、ガサゴソと何かを取り出して机に置いた。

ノートに、教科書、それからペンケース。

携帯電話はどこかに置かれて、しばらく動いていた画面が固定された。

『今、机のスタンドに携帯置いたとこ』

「あ……っ、じゃあ、私も……」

『うん。そしたらこれから一緒に、勉強しよ。……ほら、俺たち学校違うし、なかなか一緒に勉強できる機会もないから、こういうのもいいかなと思って』

照れくさそうに笑ったユウリくんの言葉に、胸が高鳴る。

画面越しに繋がっているだけなのに、こうするとまるでユウリくんが正面に座っているみたいだった。

離れているはずなのに、ユウリくんを近くに感じる。

……ああ、そっか。これが恋人同士なら、〝幸せ〟って思うのかな。

そう思うと不思議と胸が温かくなって、自然と顔がほころんだ。

それからふたりで机に向かって、宿題をした。

時々チラリと顔を上げるとユウリくんと目があって、そのたびにはにかんでしまう。

『……ダメだ。全然進まない』

だけど、一時間くらい経った頃だろうか。唐突にそう言ったユウリくんに驚いて顔を上げると、ユウリくんが机に腕を伸ばしてうなだれているのに気がついた。

「ご、ごめんね、私、気づかなくて……っ。何か、邪魔してた⁉」

慌てて画面越しに謝ると、うなだれたままのユウリくんがチラリとこちらを向いて、拗ねたように口を開く。

『んーん。俺がつい、ミオばっかり見ちゃうだけ』

「え……」

『ミオが気になって、集中できない。だから俺自身の問題』

ぽつりと言ったユウリくんを前に、身体が熱を持つのがわかった。

ほんのりと赤くなっている耳に気づいてしまえば、なんと返事をしたら良いのかもわからなくなる。

『でも、ミオはちゃんと勉強してて……。俺ばっかりミオが気になって、集中できないのがちょっと悔しい』

な、なにこれ……！

画面越しに上目遣いで見つめられて、そんなことを言われたら、もう私まで集中できないよ。

「あ、あの……っ、そ、それは、えと……ご、ごめんなさい……」

とりあえず謝ってみたものの、自分でも何に対して謝っているのかはよくわからなかった。

『別に、ミオが謝ることじゃないよ。……もう、寝よっか。って、まだ八時過ぎだけど……』

いつもなら、まだまだ起きている時間帯だ。

だけど今日はこれ以上起きていたら、ドキドキしすぎて心臓が持ちそうもない。

「う、うん、寝よ！」

『……うん。じゃあ勉強はまた今度、図書館とかで一緒にやろう』

そのユウリくんからのお誘いには、上手に頷くことができなかった。

だってその約束は、恋愛指南書のレッスンにはないものだったから。

一緒に勉強するなんて……そのときも、今みたいにドキドキして集中できる気がしない。

また勉強どころじゃなくなって、そしたらそのときは、どんな顔をすればいいんだろう。

『電気消すね？』

「は、はいっ……」

画面の向こうでユウリくんが電気を消して、私も慌てて部屋の電気を消した。

そうしてベッドの中に潜り込むと、頭の隣に携帯電話を置いて横になった。

枕のフワフワした感触が、頬に触れる。真っ暗な画面には同じように横になったユウリくんが映っていて、ドキドキせずにはいられなかった。

まるで、すぐ隣でユウリくんが寝ているみたいで……。

息遣いさえ聞こえてきそうで、落ち着かない。

『なんかさ、これって……隣で寝てるみたいで、ヤバいね』

囁くように言ったユウリくんは、視線を斜め下にそらしてしまった。

音のない部屋の中では私たちの呼吸音と声だけがやけに鮮明に聞こえて、胸の鼓動まで相手に伝わっているような気分になる。

『こういうの、なんていうんだっけ。……あ、そうだ。〝リモート同棲〟って言うらしいよ』

「リモート、同棲？」

『うん。クラスの奴が彼女としたって前に言ってたんだけど。なんか、こうやって携帯を繋いだまま一日とか過ごすんだって。そうすると、まるで同棲気分を味わえるって』

「そう、なんだ……」

たしかに、ここにいないのに本当に今、ユウリくんと一緒にいるみたい。

それを一日中、繋ぎっぱなしにしたら、そんな気分も味わえるのかもしれないけれど……。

『……今度やってみる？』

「え……」

『リモート同棲。……なんて、そんなことしたら一日中ドキドキして、ミオのことばっかり考えちゃうな』

そう言って、小さく笑ったユウリくんを前に鼓動のリズムが速くなる。

……今、私も同じことを考えていたんだよ。なんて、照れくさくて言えなかった。

ああ、もう。やっぱり、なんだか変だよ。もうずっとドキドキしていて、胸の高鳴りが収まらない。

『離れてても、こうやって顔が見られて、声が聞けるだけで嬉しい』

——私も、嬉しい。

そう言いかけて、慌てて言葉を飲み込んだ。

ドキドキして、緊張して落ち着かないのに嬉しいなんて……すごく変だよ。

そう思うのに今、ユウリくんが同じ気持ちでいてくれるのが嬉しくて、くすぐったい。

『……ミオ？』

真っ暗な部屋の中で、私の名前を呼ぶ心地の良い声が響いた。

だけど、そのユウリくんの声を聞いていたら、だんだんと眠くなってきて……。

「ユウリ、くん……」

ずっと緊張していて、疲れたせいかもしれない。

昨日もユウリくんに抱きしめられたことを思い出して、なかなか寝つけなかったんだ。

『ミオ……おやすみ』

意識が遠のき、心地良いまどろみの中で、優しい声が聞こえた。

気がついたら私はいつの間にか眠っていて、目が覚めたときには窓の外は明るくなっていた。


「ミオー、起きたの？」

「ん……」

扉の向こうから、お母さんが私を呼ぶ声が聞こえた。

慌てて飛び起きて携帯電話を見てみると、時刻は朝の六時半を過ぎていた。

「あ……！　で、電話……！」

そうだ。昨日はユウリくんとテレビ電話をしていて、その途中で眠くなって……。

慌てて確認したけれど当然通話は切れていて、それを、ほんの少しだけ寂しく思う自分がいた。

「起きてるなら、早く支度しないと遅刻するわよー」

「は、はーい！」

扉の向こうのお母さんに返事をしてから、ギュッと携帯電話を握りしめた。

通話が切れていたことが、寂しい？

——どうして今、私は寂しく思ったの？

「……っ！」

そのとき、そんな私の疑問に答えるように、携帯電話が震えた。

慌てて画面を開くとメッセージが一通届いていて、急いでそれを確認する。

【おはよう。もう起きた？】

ユウリくんからのメッセージだった。

また高鳴りだした鼓動に急《せ》かされるように、【昨日は寝ちゃってごめんね】というメッセージを送ると、すぐに返事が返ってきた。

【大丈夫。こっちこそ、長々と付き合わせてごめん。なんかミオの寝顔見てたらドキドキして、いつまでも眠れなさそうだったから、昨日は勝手に切っちゃった】

ユウリくんからの思いもよらない返事に、また胸が高鳴ってしまう。

私の心臓がなんだかおかしい。

だって、こんなにドキドキするなんて――。

「うーっ、もうやめっ！　学校行かなきゃ……っ！」

だけどそれ以上考えても答えは出なくて、私はベッドから飛び起きた。

急いで朝ご飯を食べて家を出ると、駅までの道のりを急ぐ。

……今日は、なんだかいい日になりそう。

そう思うのはきっと、ユウリくんから届いたメッセージのおかげだ。

天気は快晴。

ふと見上げた空には飛行機雲が真っ直ぐな線を描いていて、なんだかとても幸せな気持ちになった。

レッスン04・友達を誘った交流で、さらに距離を縮めよう

【ユウリside】

「そのニヤけた顔が、いい加減ムカつくんだけど」

騒がしい昼休み。携帯電話に届いたミオからのメッセージを読んでいたら、正面に座るナルから鋭いツッコミが入った。

すぐに顔を上げ、慌てて口をキュッと結んだけれど、「今さら遅い」と軽く一蹴されてしまう。

「ユウリは最近、頭も顔もゆるみすぎ」

あからさまなため息をつかれて、今度こそ顔が熱くなった。

ミオとテレビ電話をしてから、早二週間。

初めてのテレビ電話はやけにミオとの距離を近く感じて、照れくさかった。

勉強も全然はかどらなかったし。

机に向かって、ふと顔を上げると自分と同じように机に向かう、ミオがいる。

伏し目がちなミオは時々流れた髪を耳にかけたり、小さくため息をついたり。

その様子は見ていて全然飽きなくて、勉強なんてまるで手につかなかった。

だからあとさき考えずに、今日はもう寝よう、なんて提案をした。

ミオを前にしたらどんな顔をしたらいいかわからなくて、ベッドの中に逃げたんだ。

だけど、その自分の提案が失敗だったと気づいたのはテレビ電話越しに、一緒にベッドに入ったあとだった。

『なんかさ、これって……隣で寝てるみたいで、ヤバいね』

真っ暗な画面には、同じように横になったミオが映っていて、ドキドキせずにはいられなかった。

息遣いさえ聞こえてきそうで、思わずミオから目をそらして今度は自分がまつ毛を伏せた。

『ミオ？　もう寝たの？』

だけどそのうち、ミオの返事が途切れ途切れになってきた。

気がついたときにはミオは薄暗い明かりの向こうで目を閉じて、スースーと気持ちよさそうに寝息を立てていた。

……可愛い。なんて、思わずにはいられなかった。

好きな子の寝顔を見られることが、こんなにも幸せな気持ちになるんだと初めて知った。

『……ユウリ、くん』

ぽつりとミオの口からこぼれた自分の名前にドキリとする。

……今すぐ、抱きしめたい。

木登りをしていた小学生を助けた公園で、衝動的にミオを抱きしめてしまったときのぬくもりは、消えてくれそうにない。

華奢《きゃしゃ》な身体はすっぽりと腕の中におさまって、綿菓子みたいに柔らかな髪は触れただけで本当に溶けてしまうんじゃないかと思った。

──好きだ、なんて。

今はまだ声にはできないけれど、どれだけ想っても足りないくらい、俺はミオが好きなんだ。

『ミオ、俺……』

言いかけて、言葉を止めた。

ミオといると、どんどん欲ばりになっていく。

もっと彼女と一緒にいたい。

彼女を独占したいと思うようになって、そんな自分を抑えるのに必死だった。

『……おやすみ、ミオ』

画面越しに挨拶をした俺は、名残を惜しみながら通話終了のボタンを押した。

だって通話を繋いだままじゃ、とても眠れそうになくて——。

たとえ画面越しでも、好きな子が隣で寝ていてグッスリ眠れる男なんていないと思う。

「……しょうがないだろ、顔が勝手にニヤけるんだから」

視線を斜め下に落として拗ねたように呟くと、ナルが「ふぅ」と短い息を吐いた。

今日の放課後は、二週間ぶりにミオと会う約束をしている。

もちろん、レッスンの続きをするためなのだけれど、ミオと久しぶりに会えると思うと、浮かれずにはいられなかった。

ここ最近は、テストや委員会の用事が重なって、レッスンの続きができずにいたから……。

もしかしたら、ミオはもうレッスンの続きになんて興味を失くしているんじゃないかと、そんなことも考えていたから、会えることが嬉しくてたまらない。

【午後は体育の授業があるよ。ユウリくんは、なんの授業？】

手の中の携帯電話に届いたメッセージを見て、つい二週間前のことを思い出す。

内容はたいしたことのない世間話だけど、最近までお互いに名前も知らない関係だったことを考えると、ずいぶんな進歩じゃないか？

「ほんと、ユウリってノーテンキだよな」

だけど、そんな俺の甘えた思考もすべて、ナルにはお見通しだったらしい。

「ハァ……だってそうだろ。お前が片想いしてるその子には、男の親友？だかがいるっていうのに、よくもまぁそんなに呑気《のんき》に構えていられるよなーと思って」

「な、なんだよそれ」

相変わらず漫画片手にサラッと痛いことを言うナルに、返す言葉がない。

――ミオには特別仲の良い、異性の友達がいる。

脳裏をよぎるのは、ミオと公園で話したときのことだ。

『私ね、親友がいるんだ。その子も男の子なんだけど、その子はカッコイイっていうより、可愛いって言葉のほうが似合う男の子で……』

ミオはそのあと、〝たっちゃん〟は自分よりも女子力の高い男だけど、いざというときは頼りになるのだとも言っていた。

「でも、ミオの口ぶりだと、たっちゃんを男として意識しているふうではなかったし、俺とナルみたいな特別仲の良い友達っていう関係だって言ってたから……」

自信のなさが声に表れた。

それをまた瞬時に察したらしいナルは漫画に落としていた目を上げると、眉根を寄せて俺をにらんだ。

「ほんと、ユウリって救えないほどお人好しなバカだな」

「な……っ」

「男女間の友情なんて成立しないに決まってるだろ」

キッパリと言い切ったナルは、苦々しげに息を吐いてから言葉を続ける。

「そのミオって子にその気はなくても、男のほうがその子のことを好きだって可能性もある」

ドクン、と心臓が不穏に高鳴ったのは、そう言ったナル自身がひどく傷ついた表情をしていたからなのかもしれない。

同時に、心には黒い雨雲みたいに大きな不安が押し寄せて、鼓動はバクバクと早鐘を打つように高鳴りだした。

『たっちゃんにはいつも、美織は鈍くさい、ノロマだーってバカにされてばかりだし』

二週間前、テレビ電話をしたときにも、ミオの口からたっちゃんの名前が出た。

お互いの家族の話になったときに、何気なくミオが言ったことだ。

あのとき俺は……〝たっちゃん〟の名前に一瞬動揺して、言葉に詰まってしまった。

慌てて平静を装ったけれど、ミオはとても不思議そうな表情《かお》をしていたし、変に思ったかもしれない。

「……だけどきっと、世の中には異性の親友がいるって人もいるんじゃないか？」

努めて冷静に答えたものの、ナルはさらに表情を険しくしてしまう。

「じゃあお前は、そのたっちゃんとかいう奴が、これからもミオって子のそばにいても全然平気なんだな？」

「そ、それは……」

「たっちゃんとミオって子がふたりきりで出かけたり、自分以上に連絡を取りあっていたとしても、疑いを持たずにいられるか？」

強い問いかけに、また言葉に詰まってしまった。

ナルの言うとおりだ。

俺はこれからも、たっちゃんがミオのそばにいても、まるで気にせずにいられるのか？

ミオの親友として、そのたっちゃんって男がそばにいることに……俺は、不安を抱かずにいられるのだろうか。

「そんなの、無理に決まってるだろ」

断言されて、思わず手の中の携帯電話をギュッと握りしめた。

「いつ、どちらかが、些細なことがキッカケで相手を異性として意識するかもしれない。……っていうか、すでにそのたっちゃんって奴は意識してるかもしれないし。なにより、どちらかに恋人ができたとして、その恋人がふたりの関係を許すわけがない。……好きな人の近くに自分以外の異性がいるって、普通に考えて嫌だろ。だからやっぱり、男女間の友情なんて成立するわけないんだよ」

眉間にシワを寄せて言い切ったナルは、不愉快そうに開いていた漫画を閉じた。

そうしてそれを机の中に押し込むと、頬杖をついて窓の外を見る。

その目はどこか遠くを見ていて——瞳にはゆらゆらと、悲しみとも切なさともとれる色が滲んでいた。

「……ってわけで、昨日の夜に頼まれてたこと、俺は絶対無理だから」

こちらを見ないままでそう言ったナルは、ふぅ、と息を吐くと次の授業で使う教科書を机の上に置いた。

昨日の夜に頼まれていたこととは、俺がナルにメッセージで誘った件だ。

【明日の放課後、俺と一緒に、ミオとミオの親友と四人で遊びに行かない？】

ナルからは即座に【無理】との返事がきたけど、【こんなこと頼めるの、ナルだけなんだよ】と、食い下がっていた。

「ミオって子と一緒に、たっちゃんとかいう男友達も来るんだろ？　もし会ったら、俺は今みたいにそのふたりの関係を壊すようなことを言うかもしれない。そうなったらユウリの恋を邪魔することになるから、やっぱり俺は行けない」

優しい親友に、それ以上の無理強いなんてできるはずがなかった。

何より、ナルの〝男女間の友情は成立しない〟という意見を、俺は否定することができなかったから……。

それは俺自身も、ミオのそばにいるたっちゃんの存在に、少なからず不安を抱いているからだ。

ナルの言うとおり、もしもたっちゃんが俺と同じようにミオのことを好きだったら？

「力にはなれないけど、まぁ、がんばれ」

ナルの言葉と同時に、昼休み終了を告げるチャイムが響き渡った。

結局俺はミオからのメッセージに返信することができないまま、その日は放課後を迎えることになってしまった。

♡　♡　♡

「ご、ごめん、お待たせ……！」

近々開催される学園祭についての説明のせいで、帰りのショートホームルームが長引いた。

担任の長い話が終わったと同時にダッシュで教室を出た俺は、駅までの道のりを急いだ。

だけど結局、待ち合わせの時間には間に合わなくて……。着いたときには約束の時間を十分も過ぎていて、ミオを待たせる羽目になってしまった。

「今日に限って、担任が学園祭のことを話しだして……ほんとにごめん！」

パチンと顔の前で手を合わせて謝りながら事情説明をすると、ミオは「大丈夫だよ！」と笑ってくれた。

「私達もさっき来たばかりだし、全然待ってないから――」

「えー、僕たちはここに待ち合わせ時間の五分前には着いてたから、けっこう待ったじゃーん」

「え……」

「っていうか、へぇ？　これが噂のユウリくん？　……ふぅん、顔はたしかにイケメンだね。とりあえず容姿は合格」

そのとき突然ひょっこりと、ミオの通う高校の制服を着た男が、俺とミオの間に割って入った。

オシャレに着崩された制服。ネイビーに染められた髪と、左耳には三つのピアス。元からパッチリとしているっぽい目はメイクをしているのか……黒のアイラインによって、より印象深く彩られていた。

「ちょ、ちょっと、たっちゃん……！」

「なぁに。こういうのは最初が肝心なんだから、きちんと言わなきゃダメだよ」

言いながら腕組みをした手の爪には、綺麗なネイルが施されている。

――これが噂の、〝たっちゃん〟？

ミオの親友であり、もしかしたら俺と同じようにミオに恋心を抱いている男《ライバル》だ。

「女を待たすような男は、ろくなもんじゃないんだから」

だけど、なんと言うか……。こう言ったらなんだけど、想像していたのと少し違った。

着ている制服も男子のものだし、性別は間違いなく俺と同じ男なんだろうけど、雰囲気とか口調とかは、どことなく女の子っぽい。

「……なぁに、人のことジロジロ見て」

「あ……、ご、ごめんっ」

「ふんっ。……まぁ、見られるのには慣れてるから別にいいけど。っていうか、ひとり？　今日はお互いの友達を連れてくるって話じゃなかったの？」

そう言って訝《いぶか》しげに眉根を寄せたたっちゃんは、カラコンを入れているのか、瞳の色は神秘的な灰色だった。

「もしかして、ユウリくんのお友達も何か予定があって遅れてくるとか？」

コテン、と可愛らしく首を傾げたミオはなぜか、俺ではなくたっちゃんのほうを見て尋ねる。

するとたっちゃんは、「僕が知るわけないじゃん、こっちに聞いてよ。ほんと美織って意味わかんない」と答えて俺を指さした。

「……たっちゃんって、ほんとにひと言多いよね」

「えー、ごめんねー。美織がグズだから、つい口うるさくなるんだよねー」

たっちゃんの言葉に、ミオが「なにそれ！」とまるでハムスターのように頬をふくらませる。

それ、可愛い……じゃなくて、その何気ないやり取りに、胸の奥がチクリと痛んだ。

こんなふうに、軽口を叩くミオを見るのは初めてだ。

俺とふたりでいるときのミオは基本的に緊張した様子で、何気ない質問にも言葉を選んでいるように思う。

もちろん、それは仕方のないことだともわかっているけれど……。

俺達が初めて話したのは、つい二週間前。

ミオとたっちゃんの付き合いの長さがどれくらいのものなのかわからないけれど、当然、俺よりもずいぶん長い。

だからミオが気を許しているのは俺ではなくたっちゃんで、間違いないんだ。

「あの……それで、ユウリくんのお友達は……？」

先ほどたっちゃんに尋ねたときとは違い、遠慮がちに聞くミオにまた、チクリと胸の奥が痛んだ。

「……ごめん、誘ったんだけど、急に予定が入っちゃったみたいで」

「そう、なんだ」

「ほんとに、ごめん。これじゃあ……レッスンの実践には、ならないよな？」

思わず目を伏せて、ふたりから視線をそらした。

今日のレッスン内容は、【友達を誘った交流で、さらに距離を縮めよう】だ。

だからお互いの仲の良い友達を誘って、四人で遊ぼうって話だったのに……。

「別にぃ、いいんじゃない？」

「え……？」

「だってさぁ、これには、別に何人友達を呼ぶとかまでは書いてないし。どっちかが呼んでれば、とりあえず成立するんじゃない？　っていうか、細かいこと気にしてたら先に進まなそうだし？」

あっけらかんと言ったたっちゃんの手には、ミオの愛読書である恋愛指南書があった。

「次のレッスンの例文は……、〝保健室で寝ているところを、ふたりきりにしてくれた親友に感謝〟……!?　〝大好きな友達と協力して、恋のステップアップをしちゃおう☆〟……って、なにこれ。意味わかんない。参考にならなすぎるでしょ」

呆れた声色でそう言ったたっちゃんは、恋愛指南書を持ち主であるミオにポイッと手渡した。

……なんか、掴みどころのない人だ。

だけどサバサバしているところとか、発言に迷いのないところはたしかに、以前ミオが言っていた〝頼りになる〟という一面を連想させる。

「ってことでー、もう三人で、さっさと行こ！」

「え？」

「え？　じゃないし！　今日はせっかくだから、前から僕とミオが行きたいって話してた、隣駅前のカフェに行こうってことになってるの！」

「……そうなんだ？」

俺は初耳なんだけど……。

思わず目を丸くすれば、ミオが「もう！　たっちゃんのバカ！」と言ってから、改めてこちらに向き直った。

「わ、私はユウリくんに確認してからにしようって言ってて……！　だから、ユウリくんさえ良ければ、なんだけど……」

また遠慮がちに尋ねるミオの上目遣いが可愛くて、胸がキュンと締めつけられる。

「な、なんかね。可愛いタピオカドリンクと、パフェがすごく流行《はや》ってるお店で、前から一度行ってみたいなと思ってて……」

「うん、いいよ。行こう」

「え……ほ、ほんとにいいの？」

「うん。ミオが行きたいところなら俺も行ってみたいし、ミオとなら、俺はどこでも楽しめるから大丈夫」

素直に思ったことを口にすると、なぜかミオの顔がボッ！と茹《ゆ》でダコのように真っ赤になった。

そうして俺の顔を見つめたまま固まってしまい、ピクリとも動かない。

「ミオ？　どうしたの？」

……俺、また何か変なこと言ったかな？

「あ……、う、あの……」

「ミオ？」

「そそ、その……っ」

「あーーっ！　もういいから。僕、誰かさんのせいで待ちくたびれて、喉《のど》乾いてるの。ほら美織！　茹でダコになってないで、さっさと行くよ！」

だけど、そんなミオの手を半ば強引に掴んだたっちゃんは、ミオを引っ張って改札に向かって歩きだした。

「あ、待って……」

そのまま、さっさと行ってしまうふたりを慌てて追いかければ、先を行くたっちゃんが、チラリとこちらを振り返る。

そして、

「──っ！」

今……間違いなく、笑った。

たっちゃんは俺を見て、クスリと嘲笑《あざわら》うかのような笑みを浮かべたのだ。

だけどすぐに前を向いたたっちゃんはミオの手を引いたまま、人混みを縫うようにスルスルと歩いていく。

ミオよりも頭ひとつほど高い背。

ふたりは手を繋いで歩いていると、どこからどう見ても仲の良いカップルにしか見えない。

「……って、なに考えてるんだよ」

思わず呟いて、頭をブンブンと横に振った。

ふたりはカップルなんかじゃない。ただの──友達だ。

特別仲が良い、友達ってだけなんだ。

「美織。アンタ、グズなんだから転ばないように足元気をつけなよ」

「い、言われなくてもわかってるよ……！」

「ふんっ、どーだか」

だけど結局、繋がれたふたりの手は目的のお店に着くまで一度も離れることはなかった。

余裕のない俺はそれを平然と見ていることはできなくて、心にモヤモヤとした思いばかりを募らせてしまった。

♡　♡　♡

「わー！　すごいっ！　可愛い～っ」

お客さんがお店のドアを開くたび、カランカラン、という可愛らしいベルの音が店内に響く。

三人でたどり着いたお店は、いかにも女の子が好みそうな小さなカフェだった。ナチュラルテイストにまとめられた内装と、欧風の小物が置かれた店内は、むさ苦しい男子校に通う自分とは無縁の場所だ。

「これ、めちゃくちゃSNS映えしそう～！　ねぇ、美織もそう思うよね？」

当然のようにミオの隣に座ったたっちゃんは、運ばれてきたばかりのパフェの写真を意気揚々と撮っている。

「うん、思う！　ねぇこっちも見て、私のタピオカミルクティーも、ミルクとティーの部分が綺麗に二層になっててイイ感じだよ！」

ミオも店内に入る前から、目をキラキラと輝かせていた。

ミオの前に置かれた背の高い円柱グラスは、透明の汗をかいている。

「いいねー、こっちもおいしそう」

「うんうん。私、ずっと前からここのタピオカミルクティー飲んでみたかったから嬉しい！」

うん、子どもみたいに無邪気に笑うミオが可愛い――じゃなくて、こんなふうに無防備に笑うミオを見るのは初めてで……。

嬉しいはずなのに、俺とふたりきりのときには見られなかった表情を見たら、どうしても複雑な気持ちにならずにはいられない。

「ねぇねぇ、僕のパフェ、ひとくち食べてみなよ。このマンゴーソースがかかってるところ、すっごくおいしいから！」

「え、いいの⁉ たっちゃん、ありがとう〜！ いただきます」

あ……。と、思う間もなく、たっちゃんがアイスをすくって差し出したスプーンを、ミオがパクリと口に入れた。

「お、おいしい〜っ」

「でしょでしょ！ ねぇ、そっちも飲ませてよ。僕もここのタピオカミルクティー、前から気になってたんだから」

「うん、いいよ！」

そうして今度はミオの飲みかけのミルクティーを、たっちゃんが当たり前のように口に含んだ。

……もちろん、ミオが飲んでたストローで。

それは間違いなく間接キスってやつで、ふたりのやり取りを目の前で見ている俺は、やっぱりモヤモヤせずにはいられない。

「あ、これもおいしい」

「でしょでしょ！」

だけどそのやり取りは、ふたりにとっては日常なのか、お互いに気にしている様子もなかった。

……っていうか、ほんとにこれが日常？

女の子は友達同士で、食べ物や飲み物をシェアしたりするって聞いたことがあるけど、男の俺からするとどうにも理解に苦しむ世界だ。

「今度来たときにも、どれを頼むか悩んじゃうねー」

そんな俺の気持ちを知ってか知らずか……。

メニューを開いたたっちゃんは、ミオにピタリと身体を寄せる。

「次はさ、これとこれを頼んでシェアしない？」

目の前で触れあうふたりの身体。

……ほんとに、ただの友達なんだよな？

なんて思うのは、やっぱり俺の心が狭いせいなんだろうか。

仲が良いのを見せつけられているようにも思えて、ひとり置いてけぼりで……。目の前に置かれたジンジャーエールを飲む手が、やけに重く感じてしまう。

「……ごめん、私、ちょっとお手洗いに行ってくるね」

と、そう言ったミオが席を立った。

突然のことに咄嗟に顔を上げたものの、まさか引き止めるわけにもいかないし、「うん」と答えるので精いっぱいだった。

「いってらっしゃーい」

反対にたっちゃんは、慣れた様子でヒラヒラと右手を振る。

そうしてミオの姿はあっという間に店の奥に消えて、見えなくなった。

――店内には、今流行りのJ-POPが流れている。

それがやけに耳について、たっちゃんとふたりきりになった俺は落ち着かなくて。

「……ふぅ。で？　アンタ、美織のこと好きなの？」

……だけど、気まずい、なんて思う暇もなかった。

ミオの姿が完全に見えなくなった瞬間、向かいの席に座るたっちゃんが、予告なく口を開いたのだ。

「え……？」

「まぁ、好きだよね。好きじゃなきゃ、恋愛指南書の中身を実践しようなんて、そんなバカな提案するはずないもんね」

どっかりと背もたれに背を預けて長い足を組み、フッと挑発的な笑みを浮かべたたっちゃんは、ミオを見送った右手で自身の前髪をかき上げた。

その様子からは、今の今までまとっていた陽気な空気は完全に消えていて……。

「で、どうなの？」

「ど、どうなのって、俺は──」

完全に圧倒された俺は、言葉に詰まった。

隠したってたっちゃんには俺の気持ちなんてお見通しみたいだけど、だからと言って、ここでたっちゃんを相手にミオが好きだと宣言するのも違うような気がする。

「……まぁ、いいや。そんなことより、僕がアンタに聞きたいのは美織のお姉さんのことなんだよね」

「ミオの……お姉さん？」

「そうだよ。で、率直に聞くけど……アンタ、愛美さん目当てで美織に近づいてきたんじゃないよね？」

「愛美、さん……？」

「しらばっくれても、僕の目はごまかせないから。もし、愛美さん目当てで美織に近づいてきたんだとしたら……僕はアンタのこと、絶対に許さない」

断言されて、ピリッと、と空気が凍った。

目の前のたっちゃんは、真っすぐに俺を睨みつけている。

俺は、言われたことの意味がわからなくて──。

だって俺が、ミオのお姉さん目当てでミオに近づいたって、どういうことだ？

たしかにミオから、お姉さんがいることは聞かされて知っているけど……。

そのお姉さんが、いったいなんだと言うのだろう。

「美織は、アンタは愛美さんのこと知らないみたいだったって言ってたけど。見ての通り、美織はバカみたいに純粋で人を信じやすいからアンタの嘘にも簡単にだまされる」

フンッと鼻を鳴らしたたっちゃんは、また挑発的な笑みを浮かべた。

「もし、アンタが美織に嘘をついてるって言うなら、今ならまだ見逃してあげるから、さっさと美織から離れなよ。それで、もう二度と美織に近づかないって、今ここで約束して」

キッパリと言い切ったたっちゃんは、机に置かれていた水の入ったグラスに手を伸ばした。

ゴクリと、たっちゃんの喉仏《のどぼとけ》が動く。

再びコースターの上に戻されたグラスについた手のあとを見れば、それは間違いなく男の手の大きさだった。

「アンタみたいなイケメンなら、ミオじゃなくても、そのうちもっと可愛い子が現れるでしょ」

「――俺は、ミオに嘘なんてついてない」

「……は？」

「俺は好きな子に嘘なんてつかないし、これから先もつきたくない」

そんなたっちゃんを前に、俺は小さく息を吸うと背筋を伸ばした。

灰色の瞳を真っすぐに見つめ返す心は不思議と凪《な》いでいて、迷いなく続く言葉に繋げてくれる。

「それに俺は、ミオ以外の女の子を可愛いとかも、思わないよ」

すると、初めてたっちゃんが面食らったような顔をして押し黙った。

俺は、言葉にしたとたんにふつふつと怒りがわきだしたのに気がついて、膝《ひざ》の上に置いた拳《こぶし》を強く握りしめた。

——俺が、ミオのお姉さんに近づくためにミオに嘘をついてミオをだますだって？

まさか、そんなことするはずがない。

そんなことをするメリットもないし、嘘をつく理由もない。

何より俺が……あの日、どんな思いでミオに声をかけたか。

どんな思いでミオを引き止めたか、たっちゃんは知らないだろう？

「俺は本当に、ミオのお姉さんのことは知らないし、お姉さんの名前だって、今……君から聞いて初めて知った」

たっちゃんを、〝たっちゃん〟と馴れ馴れしく呼ぶ気にすらなれなかった。

たぶん、たっちゃん自身も俺に、自分をそう呼んでほしいとは思っていないだろう。

「だから悪いけど、変な憶測でものを言うのはやめてほしい。恋愛指南書に頼っていて、情けないのはたしかだけど……。俺は真剣に、ミオのことが好きなんだ。だからミオに、俺のことをもっと知ってほしいと思ってる」

そこまで言うと、空っぽになっているミオの席へと目を向けた。

……今はまだ、ミオは俺のことなんて、きっとなんとも思ってないだろう。

異性として意識すらしてくれていないだろうし、友達と呼ぶにも微妙な関係かもしれない。

それでも……、

「俺は……もうずっと前から、ミオのことしか見えてない」

ぽつりと呟くと、初めてミオを見つけた日のことを思い出した。

——朝の息苦しい満員電車。

じっとりと湿った空気と、誰もが余裕のない世界で俺は……彼女に、出会った。

「だから……」

「あっ、そう。それなら、もういい」

「え……？」

「だから。別に、アンタが愛美さん目当てで美織に近づいてきたわけじゃないなら、もういいって言ってんの」

カラン、と、ジンジャーエールの入ったグラスの中で、氷が溶ける音がした。

ハッとして視線を戻すと、たっちゃんは長いまつ毛を伏せてから、今の今まで俺が見ていたミオの席へと目を向けた。

「え、と。それは、つまり……？」

「悪かったね、変なこと聞いて。僕はただ……美織が心配だっただけ。美織は、僕の大切な友達だから。……もう二度と、傷ついてほしくないってだけなんだよ」

そう言うとたっちゃんは、再び水の入ったグラスに口をつけた。

濡れた唇と、どこか遠くを見つめるような灰色の瞳。

もの憂げな表情を見たら何も言えなくなって、俺はただ、たっちゃんの声に耳を傾けることしかできなくなった。

「ふぅ。ほら……僕、こんな感じでしょ？　男のくせに昔から、メイクとか可愛い格好するのが好きで……。だから友達とか、あんまりできたことなかったんだよね」

ぽつり、ぽつりと話しだしたたっちゃんは、ネイルされた手の爪を見て小さく笑う。

「同性からは気持ち悪いってからかわれて。中学の時も、クラスでひとりだけ浮いてる存在で……。高校入ってからも浮いてたっていうか……ハブられてたって言ったほうが正しいけど」

自分を取り囲む、悪意と偏見。

ズキリと胸が痛んだのは、そう言ったたっちゃん自身が笑っていたからだ。

そして同時に、たっちゃん自身がそれを受け入れているのだと気づいてしまったから、なんと声をかけるのが正解なのか、わからなくなった。

「でもまぁ、それなら別に、中学の時みたいに卒業までひとりでいればいいやって思ってたの。ひとりでいるのは慣れっこだったし、別に三年間くらい、どうにでもなると思ってた」

たっちゃんはきっと、諦めていたんだろう。

いや……今も、他人に認めてもらうことを諦めているんだ。

『……なに、人のことジロジロ見て』

『ふんっ。……まぁ、見られるのには慣れてるから別にいいけど』

たっちゃんと駅で会ったときに言われた言葉が、今さらながらに胸に刺さる。

……俺も、たっちゃんを好奇の目で見ていた。

自分の情けなさを思い知らされて、真っすぐに彼を見ることができなくなった。

「……だけど、そんなふうに開き直ってひとりでいようとする僕を……美織が、ひとりにはしてくれなかった」

「え……？」

「高校一年の時に、同じクラスに美織がいてね。教室で、いつもひとりでいる僕に、美織が何度も何度もしつこく話しかけてきたの。メイクの仕方が綺麗だとか、髪色がオシャレだとかネイルが可愛いだとか……。それこそ、僕が鬱陶しいって顔をしても、めげずに何度も話しかけてくるから、いい加減こっちも諦めて……」

「ミオ、が……」

「そう。それで気がついたら一年が過ぎていて、いつの間にか美織と一緒にいるのが当たり前になってた。今では美織のおかげでクラスにも馴染めているし、僕は〝男だから女だから〟とかじゃなく、〝僕〟として認めてもらって、批判的な声も、もうほとんど聞こえなくなったよ」

頬杖をつき、そっと目を細めたたっちゃんの笑顔は優しかった。

思わず見惚れてしまったけれど──ハッと我に返って顔を上げる。

「だけど別に、周りが大きく変わったわけじゃないんだよね。たぶん、変わったのは僕自身なんだ。批判的な周りの声が、前よりも気にならなくなったってだけ」

「周りの声が……？」

「うん。それは美織が、僕という人間を認めてくれたから……。美織がほかの誰とも比べずに、僕を僕というひとりの人間として見てくれたから、僕は僕自身を認めてあげることができたんだと思う」

凛《りん》と通る声でそう言ったたっちゃんの頬には、ほんの少しの赤が差していた。

そんなたっちゃんの姿は男らしいのに、やっぱりとても綺麗だった。

「だから僕にとって美織は特別なんだ。男だから、女だからとか関係なく……僕にとって美織は、世界で一番大切な〝友達〟」

大きな瞳は真っすぐにこちらを見ていて、そらすことはできなかった。

たっちゃんにとって、ミオは大きな存在で……。

何ものにも代えられない、特別な人なんだ。

たぶん、ミオもたっちゃんのことを同じように思ってるんだろう。

だって、たっちゃんのことを話すミオは、いつも楽しそうだから。

「でも僕にとって美織は、恋愛対象とかではないから安心して。一応、僕の恋愛対象は女の子だけど……。美織はあくまで、友達として大切ってことだから」

「……うん、わかった」

頷くと、安心感からか笑みがこぼれた。

するとそんな俺を見て、たっちゃんが意外そうに目を見開いて固まってしまう。

「わかったって……。え、それだけ？」

「え？」

「アンタは僕が美織のそばにいること、嫌だとか思わないの？」

当たり前のように尋ねられて、今度は俺が目を丸くする番だった。

たっちゃんがミオのそばにいることが、嫌だと思わないのかって……。

それはもちろん、たっちゃんの話を聞くまでは不安でたまらなかったし、全く不安はないと言ったら嘘になる。

ナルに言われたとおり、これからも何をキッカケに、たっちゃんがミオを恋愛対象に見てしまうかわからないし……。

ミオだって、突然たっちゃんを異性として意識するときがくるかもしれない。

「……でも、ミオにとってたっちゃんは大切な友達で、たっちゃんも同じように思ってるってことで間違いないんだよな？」

初めて、たっちゃんを〝たっちゃん〟と口に出して呼んだ。

それにたっちゃんは一瞬驚いたような表情をしたけれど、すぐに我に返り、戸惑いながらも「……うん」と、小さく頷いてくれた。

「それなら俺がふたりのことをどうこう言うのはおかしいだろ。そもそも俺はミオの彼氏でもないから、ふたりのことをとやかく言う立場でもないし」

自嘲《じちょう》気味に笑って意見を述べると、たっちゃんは訝しげに眉根を寄せて押し黙った。

「だけどミオの大切な友達なら、俺にとっても大切な存在だよ」

「アンタにとっても……？」

「うん。だって、好きな子の大切な人なら、俺もその人を大切に思いたいし。もちろん限界はあるかもしれないけど……でも、やっぱりミオの大切は、俺も大事にしたい」

言い終えたらとたんに照れくさくなって、思わず視線をグラスに落としてしまった。

たっちゃんは男で、ミオは女の子だ。もちろん、自分以上に仲の良いふたりにヤキモチを焼くこともあるかもしれないけど……。

ふたりがお互いを大切な友達だと思ってるって言うなら、俺はその言葉を信じたい。

「俺はミオのことが好きだから、ミオのことを信じたいんだ」

「……なんか、スッカリ美織の彼氏になったみたいな口ぶりだし、アンタもバカみたいにお人好しだね」

「え……!?」

「っていうか……そもそもアンタは、僕のこと変な奴だとか思わないわけ？」

「変な奴……？」

「こんな、男なのに女みたいな奴で……。関わりたくないと思うのが普通でしょ。ましてや自分の好きな子のそばにいるのがこんな奴だってわかったら、普通は引くんじゃない？」

それが当然だと言わんばかりの口振りのたっちゃんを前に、キョトンと目を丸くせずにはいられなかった。

「なに、驚いたみたいな顔してんの」

「いや、だって……。そりゃ最初に多少は驚いたけど、変な奴とかは考えもしなかったから、ビックリして……」

「……は？」

「だって、そもそもたっちゃんはミオの大切な友達だって、ミオ本人から聞かされてたし。そんな相手を、変な奴なんて思うはずがないし、思えなくない？」

思ったことをそのまま伝えると、たっちゃんはまた意外そうに目を見開いた。

その反応に、思わず首を傾げてしまう。

俺……今何か、変なことを言っただろうか。

「むしろ、なんて言うか……。さっきは笑った顔が綺麗だなーとか思ったくらいだし。それに俺、服とか選ぶのあんまり得意じゃないから、オシャレで羨ましいとかは思うけど……」

するとなぜかたっちゃんの頬が赤く染まった。

たっちゃんは、ミオの言うとおりの人だった。

口では悪態をついていてもミオのことを友達としてとても大切に思っているし、いざというときはとても頼りになるんだろう。

「でも……正直に言うと、ミオは恋愛対象じゃないって聞いて安心はした。たっちゃんがライバルだったら、勝てるかどうか自信ないし」

言いながら頬をかくと、正面に座るたっちゃんが、唐突に深いため息をついた。

「ハァ〜〜。アンタってさ、無自覚で人の心をくすぐる厄介《やっかい》なタイプだね」

「え？」

「まぁでも、あの鈍い美織とはお似合いかもしれないし、美織を落とすには、それくらいの揺さぶりがなきゃダメかもね」

パフェのアイスをスプーンですくったたっちゃんは、パクリとそれを頬張った。

「とりあえず、もういいや。アンタのことは認めてあげる。でも……アンタが今後、美織を傷つけるようなことがあったら絶対に許さないから」

「ミオを、傷つける？」

「……そうだよ。美織は中学の頃、バカな男に傷つけられたことがあるんだって。だからまた、そのときみたいに美織が傷つくようなことがあれば、僕はアンタを絶対に許さないから――」

「ごめん、お待たせしました、トイレが混んでて……！」

そのとき、タイミング悪くミオが戻ってきた。

咄嗟に口をつぐんだたっちゃんは、何事もなかったかのようにミオに向き直ると

「おかえり」と笑顔を見せた。

「ほんとに、ごめんなさい……！　ふ、ふたりでなに、話してたの？」

申し訳なさそうに席に座ったミオは、不安げに俺の様子をうかがった。

その仕草がまた可愛い……なんて思う俺の脳裏には、たった今たっちゃんから聞かされた話がグルグルと巡っていて、うまい返事が出てこない。

ミオが中学の頃、バカな男に傷つけられたって……それはいったい、どういうことだろう。

もしかして、たっちゃんが言ってた〝ミオのお姉さん〟と、何か関係があるのだろうか？

「美織のドジな話を、僕がユウリくんに教えてあげてただけだよ」

思わず考え込む俺を横目に、たっちゃんがさり気なくミオをからかった。

「な、な……っ、ドジな話って何⁉」

「えー？　アレとかコレとかソレとか？　でも全部、僕とユウリくんだけの秘密だから。ねっ、ユウリくん？」

「え……っ。う、うん」

戸惑いながらも頷くと、ミオは真っ赤な顔でたっちゃんに抗議した。

そんなミオをたっちゃんは意にも介さず、相変わらず綺麗な顔で笑っている。

「もう！　たっちゃんのイジワル……！　でも……たっちゃんとユウリくん、いつの間にこんなに仲良くなったの？」

「え？」

「ふふっ、嬉しい。私たちより、ユウリくんとたっちゃんの距離が縮まったみたい」

そう言って微笑むミオの顔を見ていたら、これ以上、たっちゃんの言う〝ミオの過去〟について聞くことはできなかった。

すっかりと氷が溶けて、薄くなったジンジャーエール。

グラスを持って口に含むと気の抜けた炭酸が口いっぱいに広がって、胸の奥にはモヤモヤとした暗雲が立ち込めた。

レッスン05．素敵な恋のための自分磨きをしよう！

【ミオside】


「もういい加減、ふたりで何を話してたのか教えてくれたっていいのに……」

爽やかな朝の教室には不似合いの、大きなため息がこぼれる。

肩を落とす私とは反対に、たっちゃんは新調したばかりのオレンジと黒のフレンチネイルをご機嫌に眺めていた。

「何度聞かれても、秘密は秘密です〜。っていうか何度も言うけど、そんなたいした話はしてないし？」

その答えはもう、たっちゃんだけでなく、ユウリくんからも聞いていた。

ユウリくんとたっちゃんと私の三人でカフェに行ってから、早一週間。

相変わらずユウリくんとはメッセージのやり取りをしながら、次のレッスンはいつにしようかと検討しているところだ。

「たいした話じゃないなら、教えてくれたっていいのに……」

「えー、だってもう、なにを話したかなんて忘れちゃったんだもん。っていうか美織ってば、あんまりしつこいとユウリくんにも嫌われちゃうよ～？」

「な……っ、そ、そんなこと……！」

ニヤリと笑ったたっちゃんの言葉に、自分の顔が熱を帯びていくのがわかった。

三人でカフェに行くまでは、さんざん、私とユウリくんのことを批判していたくせに、たっちゃんはあれ以来、私たちのことに関して批判的なことを言わなくなった。

それはたぶん、あのとき私がトイレに行っている間にふたりの距離が縮まったからだ。

ふたりで、何を話していたんだろう？

私はどうしてふたりが仲良くなったのか理由を聞きたいだけなのに、はぐらかされてばかりで教えてもらえなかった。

「美織のドジな話で盛り上がっただけだってば」

「どのドジな話で盛り上がったの……⁉」

「えー、なんだったかなぁ？　美織は思い当たる節ないのぉ？」

またニヤリと笑ったたっちゃんを前に、思わず頬をふくらませた。

情けないことに、思い当たるフシがありすぎて……。

この間の体育の授業で、体操服を後ろ前に着てたこと？

定期入れを落としたと思って必死に鞄の中を探したら、実は手に持っていたこと？

それとも、昼休みだと思ってお弁当を食べようとしたら、まだ三限目の休み時間だったことか……。

「たっちゃんのバカぁ……」

「バカなのは美織でしょ」

頭を抱えた。どの話も知られたらダメなやつだ……。

それをユウリくんに知られてしまったと思うと、どうしてか恥ずかしくてたまらない。

「まぁでも、ユウリくんはいい人っぽいし？　美織のドジな話を聞いたところで、気持ちが変わるわけでもないでしょ」

「そ、それはたしかに、そうかもしれないけど……」

そういう問題じゃない、とも思う。

私はユウリくんに自分の失敗エピソードを知られることが、誰に知られるよりも恥ずかしいと思うって話で……。

「あ……」

そんなふうに考え込んでいると、不意にスカートのポケットの中に入れていた携帯電話が震えた。

急いで取り出して確認すれば、メッセージが一通届いている。

送り主はユウリくんだ。慌てて画面を開いてみると、思わぬ内容に心臓がドクン、と大きく高鳴った。

「たたた、たっちゃん、どうしよう……！」

「なに？」

「ユ、ユウリくんが、今度どこか遊びに行かないかって……！」

動揺で声が裏返ってしまった。だけど、落ち着いてなんかいられなかった。

ユウリくんからのメッセージには、こう書いてある。

【テストも終わったし、せっかくなら今度の休みに、どこかふたりで遊びに行かない？】……って。あれ？　つまり、テストの打ち上げ的なお誘いなの？

「へぇ、珍しい。がんばったね、あのヒトタラシイケメンヘタレ」

「え、なんて？」

「ううん、なんでもなーい。で？　もちろん行くんでしょ？　いいじゃん。たまには変なレッスンとかやめて、ふたりで会ってくれば？」

手元の鏡でつけまつ毛を確認しているたっちゃんは、なんてこともないように言ってみせる。

だけど、私は……。私には……、

「む、無理だよ……！」

「はぁ？　なんで？」

「だ、だって、休みの日に男の子とふたりきりで遊ぶなんて……！　私、そんなの初めてだし、可愛い服とかも持ってないもん……！」

これまで恋に恋してばかりだった私は、少女漫画や恋愛小説はたくさん持っているのに、いざというときの可愛い服の一枚すら持っていない。

「そんなの、買えばいいでしょ」

「か、買う……!?」

「そう。少しくらい、お年玉の残りがあるでしょ？　最悪、親の手伝いでもして資金調達したらなんとかなるし」

「で、でも……」

「でも、じゃない。じゃあ、ジャージでも着てユウリくんに会いに行く？　嫌でしょ？」

「うう……」

「はい。そうと決まれば今日の放課後、ショップに下見でも行ってきな。あいにく、僕は委員会があるから一緒に行けないけど……。たまには、恋に恋してばかりじゃなくて、自分ひとりで自分磨きをしなくちゃね」

いつもよりも濃いめのチークを頬に乗せたたっちゃんは、とても可愛らしく笑ってみせた。

恋に恋してばかりじゃなくて、自分磨きを……。

そういえば、次のレッスン内容もそうだった。

【素敵な恋のための自分磨きをしよう！】

さらに続けて、【自分が得意なピアノ曲を弾いて相手をメロメロに…⁉　恋を成就《じょうじゅ》させるには、自分磨きも大切☆】なんて書いてあったけど、それなりに一理あるということなのかな。

「まぁ、全然ダメそうなら、またそのときには相談に乗ってあげる。僕が美織に合う服を選んであげるよ」

キラキラした星が飛んできそうな可愛らしいウインクをしたたっちゃんの今日の瞳の色は、宝石みたいなゴールドだった。なぜゴールドなのかというと、今朝の占いのラッキーカラーだったからということらしい。

そういえば、私も今朝の星座占いでは、珍しく第一位だった。

偶然にもラッキーアイテムは、『新しい服』で……。

「わ、わかった。私、がんばってみる……！」

グッと拳を握って覚悟を決めると、たっちゃんはニッコリと嬉しそうに微笑んでくれた。

今回のレッスンは、自分磨きをすること……。恋を叶えるためではないけれど、恋を知るためにもまずは自分磨きをしてみよう。

♡　♡　♡

「な、なんか、迷子になった気分……」

放課後、さっそく電車に乗って、この辺りで一番大きなステーションビルに立ち寄った私は、ひとりでショップを見て回った。

スタイルのよいマネキンが着ている服を眺めてみたり、購入しやすいセールの服を見てみたけれど……。

うう……ダメだ……。そもそも流行りの服がどんなものなのか、よくわからない。

というより、自分にどんな服が合うのか、私にはサッパリポッキリわからないんだ。

「これも、モデルさんが着てるから可愛く見えるだけだよね」

店先に開かれていた雑誌の一ページを眺めながら、思わず独り言をつぶやいた。

【このお店の服が紹介されました！】と書かれたページを見てみたけれど、ふりふりのプリーツスカートは、私には到底似合いそうもなかった。

ああ……そうだ。きっと、こういうのもお姉ちゃんなら似合うんだろうな。

そういえば、先週出かけるときにもお姉ちゃんはこんな感じの服を着てたっけ。

いってきます、と言って笑顔で出かけていくお姉ちゃんはすごく可愛くて、素敵だった。

「はぁ……」

もう何度目かもわからないため息をついた私は、つい視線を足元に落としてしまう。

……やっぱりダメだ。こんなふうにひとりで悩むより、オシャレなたっちゃんにアドバイスをお願いしたほうが早い気がする。

考えれば考えるほどそれが正解なような気がして、あきらめた私はその場で回れ右をした。

「あ……」

と、そのとき、ふと向かいのお店に目が止まった。

正確に言うとお店の奥にディスプレイされている、真っ白なシフォンブラウスに目を引かれたのだ。

あれ……可愛い、かも。

思わず近くまで駆け寄った私は、改めてブラウスを眺めた。スタンドネックになっているところは控えめだけどフリルになっていて、とても可愛いらしい。

一緒にコーディネートされているブラウンチェック柄のスカートも甘すぎず、いい感じだ。

ハイウエストの膝上丈が短かすぎずちょうどよくて、トップスのブラウスと合わせると、とてもバランスが良く見えた。

「これ着てみたい、かも……」

こんなふうに、自分から着てみたいと思う服に出会うのは初めてで、胸が踊った。

小さい頃から洋服はお姉ちゃんのお下がりばかりで、自分には似合わないものでも着る以外の選択肢がなかったんだ。

お姉ちゃん好みのふりふりのフリルがたくさんついた服も、ベビーピンクのスカートも、私にはとてもじゃないけど不釣り合いだった。

中学生になった頃、私がお姉ちゃんの背を追い抜いて、服もお下がりではなくなったけど……。

その頃には自分にはどんな服も似合わないような気がして、服選びはいつもお母さん任せだった。

だから試着なんて、お母さんと一緒に買い物をするとき以外したことがない。

だけど、今日だけは……。そんな後ろ向きな自分を、脱ぎ捨ててもいいだろうか。

「すみません、これ……」

けれど、私がマネキンの着ているその服と同じ服を手に取って、店員さんに声をかけようとすると……。

「あれ？　美織？」

聞き慣れた声に呼ばれて、思わずビクリと肩が揺れた。

「え……？」

「やっぱり美織だ。ここでなにしてるの？」

弾かれたように振り向くと、そこにはお姉ちゃんと、お姉ちゃんの友達らしき女の子三人が立っていた。

「お姉ちゃんこそ、なんで……」

言いかけて、言葉を止める。

なんでも何もない。当然、服を見に来たに決まっている。

制服姿だから、私と同じように学校帰りに友達と寄り道をしたんだろう。

その証拠に、お姉ちゃんの友達も、お姉ちゃんと同じ学校の制服を着ていた。

「お姉ちゃんは、みんなと買い物に来たんだよ」

「えー、もしかして愛美《まなみ》の妹？」

「うん、そう。ひとつ下の妹の、美織」

「えー、すごーい！　超偶然じゃん！」

声を弾ませた友達とお姉ちゃんは、すぐに私の近くまでやってきた。

その間、私はまるで地面から生えてきた手に足首を掴まれたみたいに、動くことができなくて……。

それはたぶん、これまでの経験から、このあと彼女たちに何を言われるのかも、容易に想像がついてしまったことが原因だ。

「っていうか、妹ちゃん、愛美に全然似てなくない⁉」

やっぱり……と心の中で思うことすら、慣れている。

「ほんとだ！　姉妹なのに、全然似てないね〜」

すべて、子どもの頃から嫌というほど聞いてきた言葉だから今さら動揺することもない。

誰から見ても美少女のお姉ちゃんと、平凡な見た目の私。

私自身も、お姉ちゃんと自分はまるで似ていないと思うんだから、周りが同じように思うのも当然だ。

「あはは……よく言われます」

「やっぱりー？　まぁでも、愛美みたいに可愛い子なんてそうそういないもんねぇ」

「そうそう、姉妹でも似てないとか普通にいるし、大丈夫大丈夫」

大丈夫って……何が大丈夫なんだろう。

だけど、あはは、と笑うお姉ちゃんの友達に、悪気がないこともわかっていた。

似てないから似てないと言っただけで、事実、似ていないのだから仕方がない。

逆に似てると言われるほうが違和感があるし、そんなことを言われたところで自分が虚《むな》しくなるだけだ。

「ありがとう、ございます。ほんと似てなくて……ビックリですよね？」

苦笑いだと気づかれないように精いっぱい笑みを浮かべれば、胸の奥がズキリと痛んだ。

そう……ただ、お姉ちゃんが人より何倍も特別に可愛いというだけで、私が悪いわけでもない。

お姉ちゃんが、誰が見てもフワフワした天使みたいで、思わず守ってあげたくなるような女の子っていうだけで……誰が悪いわけでもないんだ。

「あ、ねぇ見て、この服も愛美に似合いそうだよ！」

そのとき、お姉ちゃんの友達のひとりがマネキンの着ている服を指さした。

まさか……という嫌な予感は見事に的中してしまう。

それはまさに今、私が着たいと思っていた服で、思わず身体が冷たくなって凍りついた。

「え？　そうかなぁ？」

「似合うよー！　この首元のフリルとか、短すぎないスカートも、清楚《せいそ》〜って感じで愛美にピッタリ！」

「これ着たら、また天使みたい〜って言う愛美のファンが増えるんじゃないのぉ？」

「もう。やめてよ、そうやってすぐ、からかうの」

「だってぇー、本当のことなんだから仕方ないじゃん。ねぇ、妹ちゃんも、そう思うよね──って、あれ？」

その瞬間、ドキリとした。同時に、背中を嫌な汗が伝い落ちる。

お姉ちゃんの友達の目は私が持っている服を見つけて止まったあと、すぐに私の顔色をうかがうようにわずかに動いた。

「あれ？　もしかして妹ちゃん、これ買おうとしてたの？」

そう言う彼女の目は、「まさか違うよね？」と言っているみたいだった。

まさか、こんなに可愛い服が自分に似合うとでも思ってるの？と、聞かれているようで……。

私は慌てて取ったばかりの服を元の場所へと戻すと、改めてお姉ちゃんたちに向き直った。

「ち、違います！　この服が下に落ちてたから、私は直そうと思ってそれを拾っただけです！」

「あー。そうなんだ、なるほど。偉いねぇ」

「あ、あはは……。すみません、なんか……。そ、それじゃあ私はこれで……失礼します……！」

「あ、美織……！」

お姉ちゃんの鈴の音のような声が私を呼び止めた。

けれど、逃げるようにその場を立ち去った私は一度も振り返ることなく、足早にステーションビルをあとにした。

「……っ、はっ、ハ……ァ」

なんで、なんで、どうして……！

駆け足したせいで、息が切れる。

心臓はバクバクと鳴り続けていて、頬は紅潮《こうちょう》しているのに指先だけが冷たかった。

……きっと、お姉ちゃんたちには私のついた嘘なんてバレていただろう。

私が持っていた服を見て、お姉ちゃんの友達たちは、『あんたがそれ買う気なの？』って思ったに決まってる。

『お姉ちゃんに似合う服なのに、あんたが？』って……。

『冗談やめなよ。それは、あんたには似合わないでしょ』って、絶対に思ったはずだ。

「……っ」

そう考えると、あの服を着たいと思った自分が恥ずかしくて、たまらなくなった。

もしかしたら自分に似合うかも……と、一瞬でも自惚《うぬぼ》れたことも、恥ずかしくてたまらない。

「っ、はぁ……。バカみたい……」

ビルを出て、バス停のすぐそばで足を止めた私はひとり、乾いた笑みをこぼした。

……ああ、私、何をやってるんだろう。

そもそも、あんなにオシャレで可愛い服、私に似合うはずがないのに。

オシャレな服も可愛い服も、昔から似合うのは全部、お姉ちゃんだった。

私には、可愛いフリルもスカートも、全部、全部、不釣り合いだ。

「あれ……ミオ？」

そのとき、俯いたまま歩きだそうとした私を、聞き覚えのある声が呼び止めた。

ハッとして顔を上げれば、なぜかそこにはユウリくんがいて——思わず目を見開いて、固まってしまう。

「ユ、ユウリくん？」

「ここで何してるの？」

ふたりの声が重なった。

ユウリくんは制服姿で自転車にまたがっていて、私と同じように驚いた様子でこちらを見ている。

「え……あっ、私は、その……ちょっと用事があって」

「そう、なんだ」

「ユ、ユウリくんは、なんでここに?」

「ん? 俺は学校の帰りに図書館に寄って、これから家に帰るところだったんだけど……」

そう言うとユウリくんは自転車にまたがったまま、私のそばにきた。

そういえば以前、ユウリくんは自宅のある最寄り駅までは自転車で来ているのだと言っていた。

「そっか……。偶然、だね?」

「うん、ほんとに偶然でビックリした。もしかしてミオかなって思って声をかけたら、ほんとにミオで……。ハハッ。図書館に寄って、ラッキーだった。まさか、こんなふうに会えると思わなかったし」

そう言うと、ユウリくんは花が開くようにふわりと笑った。

胸の鼓動が小さく跳ねる。

……ユウリくんは、どうしていつも、こんなふうに私がドキドキすることを言うんだろう。

特別な意味はないとわかっているけれど、ユウリくんみたいなカッコイイ男の子に言われたら、免疫のない私は照れずにはいられない。

「この間のテストで、ちょっと気になるところがあって、それに関する本を借りてきたところなんだ」

「そうなんだ……。ユウリくんは偉いね」

「いや、全然？　ただ、うちの学校の図書室は、サボりスポットみたいになってるから、本を探すにも落ち着かなくてさ」

「そっか……。私は今、服を探しに来たんだけど、全然似合うのが見つからなかったから帰るところで……」

と、うっかり口を滑らせた私は慌てて言葉を止めた。

ユウリくんは、そんな私をとても不思議そうに見つめているけれど、もう全部、後の祭りだ。

「あ、そっか。じゃあ、ミオの用事って服を買いに……」

「ち！　違うの……！」

「え？」

「ご、ごめんね、服じゃなくて、その……ぜ、全然、そういうんじゃなくて……」

必死に言い訳を探してみたものの、しどろもどろになってしまった。

そもそも私は、ユウリくんと出かけるときに着る服を買いに来たんだ。

もしもそれをユウリくんに知られてしまったら、変に張り切っていると思われるかもしれない。

ユウリくんはただ、テストの打ち上げのつもりで遊びに行かないかと誘ってくれただけなのに……。

ひとりだけ浮かれて、新しい服まで買おうとしていたと知られたら、さっきのお姉ちゃんの友達みたいに、引かれちゃうかもしれない。

「あの……私、ほんとに……」

だけど、もうどう取りつくろえばいいのかもわからなかった。

また、今すぐここから逃げだしたい気持ちに駆られて、思わずスカートの裾をギュッと握りしめる。

「……なんだ。それなら思い切って、一緒に帰ろうって声かければよかった」

「え……？」

「そしたら一緒に寄り道できたし、もっと早くミオと会えたのに、もったいないことした気分」

不意にそう言ったユウリくんの言葉に驚いた私は、俯いていた顔を上げた。

ユウリくんは照れたように頬をかいていて、鼓動がドクンと大きく跳ねる。

「ミオと一緒に服見たりとか、楽しそうだし。あ……そしたら、次のレッスンの自分磨きってやつもできたよな。ごめん、俺に勇気がなくて、誘えなくて」

そのユウリくんの言葉に、嘘はないように思えた。

ユウリくんは本当に……私と寄り道をしたかったと思ってくれたの？

「……っていうか、さ。俺の勘違いだったらいいんだけど、なんか今日のミオ、元気ない？」

「え……？」

「いや……なんか、いつもと少し違う感じがしたから。気のせいならいいんだけど」

そのとき、ハンドルに腕を乗せたユウリくんが私の顔をのぞき込んだ。

サラリと流れた前髪が光に透けて、またドクリと心臓が飛び跳ねる。

「もしかして、何か嫌なことでもあった？」

春風みたいに優しい声だった。

真っすぐな瞳が心配そうにこちらを見ていて、思わず鼻の奥がツンと痛む。

「何も……ない、よ?」

「ほんとに?」

「うん……。ほんとに、何もないから大丈夫」

ほんの少し、声が震えた。

ユウリくんを真っすぐに見られなくなった私は、咄嗟にまつ毛を伏せて視線をそらした。

「……そっか。何もないならいいんだけど」

心なしか、ユウリくんの声が沈んだように思えた。

――嘘。何もなかったなんて嘘だし、今もまだ、お姉ちゃんの友達の声が耳に残っていて離れない。

だけどまさか、そんなことを言えるはずがないんだ。

こんな弱虫な私を……ユウリくんには、知られたくなかった。

「ミオ、さ。これから少し、時間ある?」

「……え?」

「俺、もうひとつ寄り道したいところがあるんだけど。ミオさえよければ、付き合ってくれない？」

思わぬ誘いに驚いて、弾かれたように顔を上げた。

するとユウリくんは自転車にまたがったまま、ポン、と荷台に手を置いて、こちらを見る。

「帰りも責任持って送るし。そんなに遠くまでは行かないから、大丈夫」

ドキドキと心臓が早鐘を打つように高鳴りだした私は、戸惑いを隠せなかった。

つまりこれは、後ろに乗れってことだよね？

男の子と自転車のふたり乗りなんてしたことないし、これからどこに行くのかもわからないけど……。

「……ありがとう」

不思議と答えは、ひとつしか思い浮かばなかった。

――まだ、家に帰りたくない。今はひとりきりでいたくない。

「よしっ。そうと決まれば、後ろに乗って」

言われるがまま、恐る恐る横座りで荷台に腰を下ろした私は、膝の上でギュッと拳を握りしめた。

するとそれに気がついたユウリくんが、不意に私の手を掴んで自分の身体のほうへと引っ張ってしまう。

「あ……っ」

「それじゃあ危ないから、ちゃんと俺の腰に捕まって」

その言葉の通り、ユウリくんは自分の腰に腕を回すようにと私の腕を引き寄せた。

わ、わぁ……っ。

とたんに身体と身体が密着して、胸の鼓動が全力疾走したみたいに速くなる。

ピタリとくっついている場所からはユウリくんの体温が伝わってきて、意識してしまうと身体が沸騰したように熱くなった。

「……じゃあ、行くよ」

気持ちを落ち着ける間もなく、自転車は走りだす。

同時に顔を上げたら真っ赤になったユウリくんの耳が目に入って、また胸の鼓動が大きく跳ねた。

……どうしてだろう。ユウリくんといると、ドキドキする。

今……ユウリくんがどんな顔で前を向いているのか気になって、落ち着かなかった。

こんな気持ちになるのは初めてで、考えても答えは見つからなくて、私はそっと目を閉じた。

まだしばらく沈む気配のない太陽と、頬を撫でる優しい風。

真っすぐな道を走る自転車は、私たちを乗せてだんだんと加速していく。

──気持ちいい。

ただ、走っているだけなのに自然と笑みが溢れた。

ユウリくんの腰に回した手に思わずギュッと力を込めると、また心臓の音が速くなった気がした。

♡　♡　♡

「着いたよ」

きらめくブルーの水面と、ペールオレンジの砂浜。鼻先をかすめる潮の香り。

自転車に乗った私達がたどり着いたのは、駅から十五分ほど離れた場所にある海だった。

「波打ち際まで行ってみる？」

「うん……！」

寄せては返す波の音が、耳に心地よい。

ユウリくんの言葉にふたつ返事をした私は、一歩先を歩く彼の背中を追って、砂浜に降りた。

「海なんて来たの、久しぶり……」

「そうなの？」

「うん。もう何年も来てないかも」

最後に来たのは、たしか中学一年生の頃の課外活動だったと思う。

小学生の頃までは、夏になると家族で遊びに来ていたけれど……。そのうち、親と海水浴に来るのは恥ずかしいと思うようになって、いつしか足が遠のいた。

「俺は子どもの頃から海が好きで、今でもひとりでフラッと来たりするんだ」

「そうなの？」

「うん。なんかさ、ここに来ると嫌なこととか忘れられるっていうか……。良い気分転換になるんだよね」

腕を広げて大きく伸びをしたユウリくんは、数歩先に足を踏みだした。

ここに来ると嫌なことを忘れられる……。

たしかに広い海を見ていると、なんだか自分の悩みもひどくちっぽけなものに思える気がして、不思議と心が落ち着いていく。

「あ……っ。見つけた」

「え？」

そのとき、ボーッと海を眺めていた私の前で、唐突にユウリくんがしゃがみこんだ。

何かと思って首を傾げると、すぐに立ち上がったユウリくんはこちらを向いて、私の前に手のひらを差し出した。

「ほら、これ。見たことない？　シーグラス」

見ると手のひらの上には、ちょこんと小さな石が乗っている。

「見たことあるけど、これ、シーグラスって名前なんだ……」

「そう。石っぽくみえるけど、正体はガラスの欠片が波にもまれて角が取れたものなんだよ。昔はよく見つけたけど、すごく久しぶりに拾ったかも」

そう言うと、ユウリくんはそれを陽の光にかざした。

淡いブルーのシーグラスは、まるで海を閉じ込めたみたいにキラキラと輝いている。

そういえば私も子どもの頃、海に遊びに来て見つけたことがあった。

あのときはお姉ちゃんと一緒にいて……まるで宝石みたいだねって、無邪気に笑いあったんだ。

「……懐かしいなぁ」

思わずポツリと呟くと、ユウリくんの目がこちらを向いた。

整った目鼻立ちとビー玉みたいに綺麗な瞳がまぶしくて、自然と目を細めてしまう。

「これ、ミオにあげる」

「え？」

「少しでもミオが元気になりますようにって、願いも込めとく」

そう言ってユウリくんは私の手を取り、開いた手のひらの上にシーグラスを乗せた。

ひんやりと冷たいそれは、ほんの少し湿っていて、表面にはザラザラとした細かい砂がついている。

「って言っても、こんなもので元気になれたら苦労しないよな……」

碧《あお》い海を背景に、ユウリくんがほんの少し切なげに笑った。

その笑顔を見たらなぜか胸がギュッと締めつけられて、喉の奥がヒリヒリとして、苦しくなった。

「……ううん、そんなことない。ありがとう」

すぅ、と息を吐くと、ユウリくんはハッとしてから私を見る。

手のひらの上で、キラキラと輝くシーグラス。

丸でも四角でもない不格好な形で、表面は細かい傷がいくつもついて、スモークがかかっている。

子どもの頃はこれを宝石みたいだなんて思ったけれど、今ではこれが宝石とは程遠いものだと知っている。

そう考えると、ああ……なんだか私みたいだな、なんて。

そんなふうに考えたら思わず自嘲の笑みがこぼれて、鼻の奥がツンと痛んだ。

「……ミオ？」

誰が見ても美少女で、非の打ち所のないお姉ちゃんが綺麗な宝石だとしたら、私はこの不格好なシーグラスなんだろう。

決して本物の宝石にはなれない、どこにでもある小さな小さなガラスの欠片。

「……この間、ユウリくんとテレビ電話したときに、私にはお姉ちゃんがいるって話したの、覚えてる？」

唐突に、ぽつり、ぽつりと話しだした私の言葉に、ユウリくんが一瞬息をのんだのがわかった。

「え……ああ、うん。すごく可愛い人だって……ミオ、言ってたよね？」

戸惑いながら言うユウリくんを前に、私は小さく笑ってみせた。

「うん、そう。私のお姉ちゃんはすごく可愛くて、天使みたいで……。誰が見ても完璧な女の子なの。まるで、少女漫画や恋愛小説の主人公みたいな女の子で……」

フワフワとした栗色の髪と、黒目がちでパッチリとした大きな目。

長いまつ毛とピンク色の頬、淡い赤が差した小さな唇。

雪のように真っ白な肌と、思わず抱きしめたくなる華奢な身体……。

〝美少女〟のお手本みたいな人が、生まれたときからずっと、私のお姉ちゃんだった。

「私は昔から、お姉ちゃんとよく比べられたんだ。『愛美ちゃんは本当に可愛いのにねぇ』、『姉妹でも全然似てないね』って、みんな、私の顔を見て苦笑いしながら言うの」

「……っ、そんなの——‼」

「ううん、平気。そう言われることにも慣れたし、別にもう……気にしてるわけじゃないから大丈夫」

「でも……っ」

「本当に大丈夫なの。ただ……ときどき、息苦しくなるってだけ。お姉ちゃんと比べられることにすごく疲れて、そんな自分が……どうしようもなく、嫌になるの」

再び苦笑いをこぼすと、ユウリくんはまるで自分が傷つけられたみたいな顔をした。

私は別に、お姉ちゃんのことが嫌いなわけじゃない。

むしろ姉妹の仲は良いほうだと思うし、お姉ちゃんのことは大好きだ。

お姉ちゃんだって私を妹として、昔から可愛がってくれているし、いつだって優しかった。

それなのに私は時々、お姉ちゃんの妹であることに疲れてしまう。

疲れて嫌気がさして、いつもそんな自分が情けなくて、悲しくて……。

「お姉ちゃんは何も悪くないのに。私は家族で妹なのに、そんなふうに思うのってお姉ちゃんに申し訳ないし……絶対に、変だよね？」

「ミオ……」

「お姉ちゃんのことは大好きなのに、お姉ちゃんの妹じゃなければ良かったって……ときどき、どうしても考えちゃうの」

ずっと胸の奥に閉じ込めていた想いを声にしたら、涙がこぼれそうになった。

お姉ちゃんの妹になんてなりたくなかった。

そうすれば、こんなふうに比べられたり、さっきみたいに嫌な思いもせずにすんだのに……って、思ってしまう自分がいる。

「中学生のときにもね、友達だと思ってた男の子が、実はお姉ちゃん目当てで私に近づいてきてたってことがあって……。そのとき、その男の子にも言われたの。〝お前なんて愛美さんのオマケのくせに〟……って。だからたぶんこの先も、お姉ちゃんが磨かれた宝石だとしたら、私はこの不格好なシーグラスのままなんだと思う……」

吐き出した息は震えて、涙をこらえるのがやっとだった。

思わずユウリくんからもらったシーグラスを握りしめてその場にうずくまると、潮風が髪先を静かに揺らした。

今もまだ、耳にこびりついている低い声。

氷のように冷ややかで鋭い視線には、批難と拒絶が含まれていた。

「えへへ……っ。ごめんね、変なこと聞かせて。せっかく海に連れてきてもらったのに、こんな話、聞きたくなかったよね——」

けれど、そこまで言って顔を上げようとしたとき、不意に身体が温かな体温に包まれた。

「ユウリ……くん？」

「……っ」

突然のことに驚き固まると、頬にユウリくんの黒髪が優しく触れる。

——何、これ。いったい、何が起きてるの？

困惑で、心が揺れる。

だけど私は、この力強い温もりに覚えがあった。

「……変なことなんかじゃない。今までミオがひとりで抱えてた、苦しみだろ」

耳に触れたのは、とても、とても優しい声だった。

もしかして、もしかしなくとも……私はまた、ユウリくんに抱きしめられてるの？

だけど今度は、とても挨拶とは思えない。

まるで大切なものを包み込むように、ユウリくんは私を強く抱きしめてくれていた。

「話してくれて、ありがとう。聞けてよかった」

「ユウリ、くん……」

「だけど、これだけは言わせてほしい。ミオは今のままで十分可愛いし、優しくて良い子だよ。だから、自分をほかの誰かと比べる必要なんてない。俺が保証する」

優しい言葉は、私の涙腺を刺激する。

「ミオはお姉さんのオマケなんかじゃないし、誰かの代わりでもない。ミオはミオなんだ。俺がこうして抱きしめたいと思う相手も……今ここにいる、ミオだけだよ」

そう言って、ゆっくりと身体を離したユウリくんは、固く握られたままだった私の手を取った。

「完璧に磨かれた宝石よりも、俺はこっちの自然で素朴な美しさを持つシーグラスのほうが好き」

「ユウリ、くん……?」

「ほかの誰がなんと言おうと、俺にはミオ以上に可愛いと思える女の子なんていないし、この先もそれは絶対に、変わらない。何より俺は、ミオが好きだから」

心臓の音は、ユウリくんにも聞こえてしまうんじゃないかというくらい高鳴っていた。

重なりあう手は小さく震えて、身体は沸騰したように熱かった。

やっぱり……なんだか変だ。こんなにドキドキして落ち着かないなんて、生まれて初めて。

「あ、あの、ユウリくん……」

もう、何を言えばいいのかわからなくて、ユウリくんの名前を口にすることしかできなかった。

すると突然、ハッとして瞬きをしたユウリくんは、次の瞬間パッ！と勢い良く手を離してあとずさった。

「う、わ……っ！　ご、ごめんっ。俺、今——」

耳まで真っ赤だ。

手の甲で顔を隠すようにしたユウリくんは、また一歩後ろにあとずさる。

「俺、今、ミオに……」

鼓動はバクバクと、今にも爆発しそうなほど高鳴ったまま。

重なりあっていた手にはシーグラスが乗っていて、彼の熱を残していた。

「ほ、ほんとにごめん、俺……！　ミオが泣いてるかもと思ったら、また身体が勝手に動いて、抱きしめてて……っ」

焦った様子のユウリくんは、口元に手の甲を当てたまま、視線を左右に彷徨わせた。

──私が泣いてるかと思ったから、抱きしめた。

……ああ、そうか。そうだよね。そういうこと。

ユウリくんは、とても優しい男の子だ。

だから今のも、私が泣いてるかと思ったから、慰めようとしてくれたんだ。

急に抱きしめられたから驚いたけど……。

今、あまりにも焦っているユウリくんを見たら、不思議と涙は引っ込んだ。

「……ふふっ」

「……え？」

「ううん、大丈夫。ありがとう」

「……ミオ？」

自然と顔がほころんでしまう。

「ビックリしたけど、嬉しかった」

「え……それって——」

「うん。やっぱり、友達に好きって言ってもらえるのは嬉しいね？　すごく元気をもらえたみたい」

言いながら、笑顔を見せた。

さすがに、私以上に可愛いと思える女の子なんていないと言われたことには驚いたけど。ユウリくんが、そう言わざるを得ないくらい、きっと私が泣きそうな顔をしていて、ひどく落ち込んで見えたんだろう。

そう思うと急に恥ずかしくなって、メソメソした自分を今すぐなかったことにしたくなった。

「いや、え……。友達に好きって言ってもらえて、って——」

「どうしたの？」

「いや、うん、その……。うん……そう、だ。そうだった、うん。そうそう……ははっ。はぁ……」

「……？」

だけどなぜか、ユウリくんは脱力したように笑いだした。

もしかして私、何か間違えた？

でも、ユウリくんがそう言ったんだから、間違ってはいないはずだよね？

「あ……そうだ。このシーグラス、本当にもらってもいいの？」

「え……？　あ、うん……もちろん」

「ありがとう。そしたら、このシーグラスはお守りにするね」

「お守り……？」

手の中のシーグラス。小さく光る碧い光は、不思議とさっきよりも輝いて見えた。

「……うん。今日みたいに落ち込むことがあったら、このシーグラスを見てユウリくんの言葉を思い出すね。そしたらきっとまた、元気になれる気がするから」

だからもう大丈夫だよ！という意味を込めてガッツポーズを作ると、なぜかユウリくんはまた手の甲で口元を隠して視線をそらした。

『完璧に磨かれた宝石よりも、俺はこっちの自然で素朴な美しさを持つシーグラスのほうが好き』

今日、ユウリくんからもらった言葉は、私の宝物になるだろう。

きっと、これを見るたびに——私は宝物みたいな今日を思い出すに違いない。

「ミオって……今のもほんと、反則」

「え？」

「ううん、こっちの話……。そろそろ、帰ろうか。家まで送るよ」

そう言ったユウリくんのあとを追って、私は砂浜を歩きだした。

前を行く広い背中はたくましくて、改めてユウリくんが男の子であることを意識させる。

……ああ、そうだ。たった今、またユウリくんに抱きしめられたんだ……なんて。

つい、そんなことを考えたら、なんだかまた胸がドキドキして……どうしてかすごく、落ち着かなくなった。

「ミオ？　大丈夫？」

「……っ、だ、大丈夫!!」

なに！　なにを変なことを思い出してるの、私……！

ドキドキとうるさい心臓は、もう私のものではないみたいだ。

思わずブンブンと顔を左右に振ってみたけれど、抱きしめられた温もりもユウリくんの声も、身体に残っていて離れない。

「ミオ、ほんとに大丈夫？　やっぱり歩きにくいんじゃ……」

「え……あ、う、ううん！　大丈夫！　問題なしです！」

「……そう？」

なにこれ、やっぱりなんだか、おかしいよ。前を歩くユウリくんを見ているだけなのにドキドキが収まらなくて、身体が勝手に熱くなる。

もしかして、風邪でも引いたかな……？

そんなことを考えながら額に手を当てたけれど熱はなかった。

振り返ると、茜色《あかね》に染まりはじめた空が目に入る。

きっと、明日もよく晴れるだろう。

前を行く背中を追いかける足を速めれば、やっぱり胸の鼓動が速くなった。

レッスン06．手を繋いで、相手をドキドキさせちゃおう！

【ユウリside】

「それって、絶望的な反応だな」

朝から教室で机の上に倒れ込んでいると、強烈なとどめの一撃を親友から喰《く》らった。

昨日、図書館からの帰りに偶然ミオと会って海に行った話を終えたところだ。

ナルの言う絶望的な反応というのは、俺がうっかり口を滑らせて、ミオに『好き』だと言ってしまったあとのミオの返事のこと。

『やっぱり、友達に好きって言ってもらえるのは嬉しいね？　すごく、元気をもらえたみたい』

もちろん俺は友達としてではなく、ミオのことを恋愛の意味で『好き』だと言ったんだけど、ミオにはまるで伝わっていなかった。

「普通、少しでもユウリのことを男として好きだと思ってるなら、そういう反応は返ってこないもんな」

ナルは容赦《ようしゃ》がない。

キッパリと言い切るナルは今日も、海賊の少年が主人公の大人気漫画を読んでいた。

「ナルってさ……少しは俺を慰めようとか、そういう気持ちはないわけ？」

「ないな。だって慰めたところでユウリの片想いが成就するわけじゃないし。だから俺はお前の友人として、客観的な意見を述べてやってるだけだよ」

なんでそんなに偉そうなんだよ。

飄々《ひょうひょう》と言ってのけるナルを前に、完全に返す言葉を失った。

なぜならたぶん、今のはナルが正しい。

だって慰められたところで、ミオが俺のことを友達としてしか見ていないって現実は変わらないんだから。

「で、でもさ、友達から恋人になることだって十分あり得るだろ」

けれど、少しでも前向きになろうとして顔を上げれば、漫画に落としていた目を上げたナルの鋭い視線に射抜かれた。

「……はぁ？」

——あ、今、俺はナルの地雷を踏んだ。

そう思ったときにはあとの祭りで、ナルは深々とため息をついてから、眉間に深くシワを寄せた。

「……だから。その、ユウリの言う友達ってなんだよ。ユウリはミオちゃんのこと、最初から友達だなんて思ってないじゃん。お前は恋愛対象として、ミオちゃんのことが好きなんだろ？」

「そ、それはたしかに、そうだけど……っ」

「だったら、お前が言う〝友達〟ってのはただの言い訳だろ。ミオちゃんには恋愛対象として見られてないから、友達って言葉を逃げ道にしてるだけで、本当の意味で友達になれるわけじゃない」

――友達って言葉を、逃げ道にしてるだけ。

言葉にされるとズシンと重石が落ちてきたみたいに心が重たくなった。

たしかに俺は、本当はミオと友達になりたいわけじゃない。

ミオには俺を男として……恋愛対象として見てほしいんだ。

だからこそ、ミオに『友達』だと言われてショックだった。

ナルの言うとおり、そんな相手と、本当の意味で友達になんてなれるわけがない。

「俺は前にも言ったけど、そもそも男女間の友情なんて成立しないと思ってるから。そのミオちゃんの親友の男？だかも、俺から言わせれば信用ならない。お前を油断させて、本当はミオちゃんのことが好きで、ミオちゃんのこと狙ってるんじゃない？」

「な……っ、たっちゃんはそんな奴じゃ――」

「そんな奴じゃない、ってユウリに言い切れんの？　ユウリはまだ、そいつと一度しか会ったことないんだろう？　それなのに、そのたった一回で、相手の心の奥まで全部見えた気でいるのかよ。笑わせんなよ」

ハッと鼻で笑ったナルは、そっと目を細めた。

「いつまでも、そういう脳天気なお人好しでいたら、本当にこのまま終わるぞ。何もしないうちにミオちゃんを取られて……そのときにはもう、友達だなんてバカなことすら言えなくなる」

断言されて、グッと口を引き結ぶ。

そんな俺を前にナルは目を伏せて、机の上で拳を握った。

その拳がほんの少し震えている気がするのは、たぶん、俺の気のせいではないだろう。

親友の苦しそうな表情に自分まで胸を潰された気持ちになって、今度こそ何も言えなくなった。

「……俺は、ユウリに俺と同じような思いをしてほしくなくて言ってるんだよ」

呟かれた言葉はわずかに震えていて、胸の奥がズキリと痛んだ。

……ナルは、優しい。

言葉は厳しいけれど、本当に俺のことを思って、あえて厳しい言葉をかけてくれているんだ。

それは過去、ナルも同じように傷ついた経験があるから――。

好きな人から友達だと言われて、失恋したことがあるからなんだ。

「……ありがとう、ナル」

そう伝えると、ハッとしたようにナルが顔を上げた。

そんなナルを見て小さく微笑むと、俺は改めて携帯電話を握りしめ、息を吐いた。

「決めた。俺、近々ミオに告白する」

「え……」

「玉砕《ぎょくさい》覚悟で、とにかくミオにきちんと俺の気持ちを伝えるよ」

顔を上げ、まっすぐにナルを見て言うと、ナルはどこか複雑そうな顔をした。

「でも……今のままじゃ、ほんとに玉砕するかもしれないぞ？」

「うん。だけど、今ナルが言ったとおり、俺はミオと友達になりたいわけじゃないんだ。だったら、その気持ちだけでも伝えておかないと、いつか後悔することになるかもしれないし」

「ユウリ……」

「そんなの嫌だし、俺はやっぱりミオには俺のことを男として見てほしい。……俺のこと、好きになってほしいし、ミオを俺以外の男に取られるなんて絶対に嫌だから」

言葉にすると、胸につかえていたものが取れたような気がした。

いつまでも悩んでたって仕方がない。

結局、俺のやるべきことは最初からひとつなんだ。

「真っすぐに、自分の気持ちをミオに伝える」

それで結果がどうなっても、悔いは残らないはずだから。

「……わかった。とりあえず応援してる」

「ありがとう」

ナルはようやく笑ってくれた。

早速、今日の放課後も、一緒に帰ろうとミオのことを誘ってみよう。

もう少し、これまでよりもっと近くにミオに俺を感じてもらえるようにがんばろう。

「……よし」

覚悟を決めたら自然と背筋が伸びて、前を向けた。

早くミオに会いたくて、放課後になるのを待ち遠しく思った。

♡　♡　♡

「ユウリくん、お待たせしました……！」

その日の放課後、いつも通り駅前で待ちあわせた俺達は、連れ立って電車に乗った。

隣り合わせに座ってみると、ごく自然と腕が触れあい、身体と身体が密着する。

ほんの数週間前までは、こんなふうにふたり並んで一緒に帰る日が来るなんて思ってもいなかった。

そう考えると俺達の距離は確実に近づいているはずなのに、どうしてか心だけは〝友達〟という言葉が邪魔して遠くなってしまった気がする。

「あ……それでミオ、今度の休みの話なんだけど。どこか行きたいところある？」

なんとなく〝デート〟という言葉を使うのを避けてしまった。

だって、俺のことを友達としか思ってないミオからすると、もしかしたらデートだなんてこれっぽっちも思ってないかもしれないし。

「わ、私はどこでも大丈夫だよ！　ユウリくんの行きたいところに行けたら、それが一番嬉しいし……」

俺から目をそらして、ミオが頰を赤く染める。

髪を耳にかけたせいで見えた耳にも、ほんのりと淡い赤がさしていた。

「俺の行きたいところか……。わかった。そしたら当日までにいろいろ考えておくよ」

答えると、ミオは俺の顔を見てフニャリと笑う。

その笑顔に、また胸がキュンと鳴って苦しくなって……思わず膝の上で拳をギュッと握りしめた。

「ありがとう、楽しみにしてる」

なぁ、ミオは、本当に俺のことをただの友達だと思ってる？

たっちゃんと同じように、俺のことも男としては見てないの？

「ユウリくん……？　どうしたの？」

思わずジッとミオを見つめていると、そんな俺を不思議に思ったのか、ミオがキョトンとして首を傾げた。

「ご、ごめん、なんでもない……！」

「そう？　それならいいんだけど……」

そのとき、車内に次の駅の停車を告げるアナウンスが響いた。

次の駅はミオが降りる駅で、気づいたミオもハッとしてから顔を上げる。

「……なんか、あっという間だったね。いつもユウリくんといると時間が過ぎるのが早い気がして、不思議だね？」

えへへ、と照れたように笑うミオは、抱きしめたくなるほど可愛かった。

ミオはたぶん、その言葉に俺がどれだけ浮かれてしまうかも知らないんだろう。

俺がどれだけ、ミオへの想いを募らせているか、知らないんだ。

「……俺だって、いつもミオといる時間はあっという間だなーって思ってるよ？」

「え……」

「たぶん、これから先もずっとそう。ミオといると楽しくて、もっとずっと一緒にいられたらいいのにって思うんだ」

顔を見ては言えなくて、つい、視線を足元へと落としてしまった。

すると、ふとミオの鞄に恋愛指南書が入っているのが見えて、あることを思い出す。

「そういえば……次のレッスンってなんだっけ？」

「え……っ!?」

「自分磨きをしましょうってやつは、ふたりでできるものじゃないから無理だねって話だったけど、その次は？」

恋愛指南書は、基本的にミオが持ち歩いている。

俺はそもそも作者のファンなわけではないし、中身のすべてまでは把握できていなかった。

「なぁ、ミオ？」

だけど、ミオの顔をのぞき込むようにして尋ねると、ミオはなぜか茹でダコのように顔を真っ赤に染めた。

「ミオ？」

「え……と、あの……次のレッスンは、その……」

「うん？」

「う……うう、これです……っ。でも、これはその、いくらなんでも、あの……」

口で言うのも恥ずかしそうだった。

代わりに差し出された本のページをめくって次のレッスン内容を確認したのだけれど、書かれていた言葉を読んだ瞬間、俺まで思わず固まった。

【手を繋いで、相手をドキドキさせちゃおう！】

大きく書かれた表題に続いて、【ふたりきりで花火デート中、突然手を繋がれてドキドキ!?　グッと距離を近づけちゃお☆】なんて言葉が書かれている。

「や、やっぱり、今回のは無理だよね……。ユウリくんに無理強いしたくないし、全部を全部実行するなんて無茶だと思うし……」

俯いたまま、俺の手から本を受け取ったミオは、それを鞄の中に押し込めた。

「ご、ごめんね、なんか……。それじゃあ、私はここで——」

「……なんで？　やろうよ」

「え……」

「手、繋ごう。俺はミオと、手、繋ぎたいって思ってたよ」

真っすぐに、ミオの顔を見て告げた。

するとタイミング良く電車が止まり、アナウンスとともに扉が開く。

「行こう。話の続きもあるし、家まで送る」

「え……あ、あの……っ。ユウリく──」

答えを聞くより先に立ち上がった俺は、戸惑うミオの右手を掴んだ。

そうしてその手をギュッと握ると、手を引いたまま電車を降りてホームに立った。

【ドアが閉まります、ご注意ください】

直後、聞き慣れたアナウンスとともに、電車が走り去っていく。

初めて手を繋ぎながら降りた駅のホームは新鮮で、不思議と空気も違うように感じた。

「……ミオは、俺と手、繋ぐのヤダ？」

「……え？」

「嫌だったらハッキリ嫌って言ってほしい。ミオに無理させたいわけじゃないから」

繋いだ手からはミオの熱が伝わってきて、それだけで緊張して身体の奥が熱くなる。

俺はミオと手を繋ぎたい。

ミオと並んで歩くたびに、この小さな手を掴んで歩きたいと思ってた。

「い、嫌なわけないよ……！　嫌だなんて、思うわけない……！」

「え……」

「ただ、慣れないし、男の子とこんなふうに手を繋ぐのは初めてで、私。その……今、すごく緊張してて……」

俯いたミオの頬は、真っ赤に染まっていた。

かく言う俺は予想外の言葉に驚いて、一瞬言葉に詰まってしまった。

「ミオ……男の子と手を繋ぐのは初めてって……。え、たっちゃんとかは？」

「た、たっちゃんはたしかに男の子だけど、そういうふうに意識したことなかったから……」

だんだんと語尾をすぼめたミオは、空いているほうの手でスカートの裾をギュッと掴んだ。

かくいう俺は、浮かれずにはいられない。

だって今のミオの口ぶりだと、俺のことを多少なり異性として意識してくれているみたいに聞こえた。

「手……あの……汗とか、かいちゃったら、ごめんね？」

おずおずと俺を見上げて言うミオが可愛くて、たまらない。

っていうか、嬉しすぎて顔が勝手にニヤけてくる。

普通にヤバいし、いや……なんかもう、いろいろ我慢するのもつらくなる。

「ユウリくん？」

「……っ、ごめん。俺、今どうしようもなく嬉しくて、舞い上がってる」

「え……」

結局、溢れる感情を隠すことはできなくて、ミオと繋がっていない右手で口元を隠した。

慌ててパッと顔をそらしたけれど、たぶん、ミオには赤くなった頬も耳も見られてしまっているだろう。

ただ、好きな子に異性として見てもらって、手を繋いでるってだけだ。

たったそれだけのことなのに、こんなに幸せな気持ちになるなんて、知らなかった。

「とりあえず帰ろう、か？」

とにかく早く歩きださないと、またミオのことを抱きしめたくなりそうで……。

もう二回もやらかしてるし、さすがに三回目は、次に毒舌たっちゃんに会う機会があったら、調子に乗るなと怒られそうだ。

「う、うん……」

ミオが頷いたのを確認したあと、結局、ミオの顔を見られないまま前を向いて歩きだした。

昨日、ミオを家まで送ってよかった。

家までの道を聞かなくてもすむし、今、振り向かないでいられるから。

「たしかこっちで、あってるよね？」

「うん、その曲がり角を曲がると、公園が見えてくるから……」

そのまま改札を抜けて、商店街を通ってしばらく道なりに歩いた。

その間、お互いの顔を見ることはできなかったけれど、ぽつりぽつりといろいろな話をした。

「テストも、今回はたっちゃんに勝てたの」

「そっか、よかったな。前にテストで負けると、たっちゃんにバカにされるって言ってたもんな」

「うん、そうなの。でも今回は、ほとんどの教科でたっちゃんより良い点数取れたから……」

「そっか。がんばったな……って、あ。そうだ」

「うん？」

そのとき、ふとあることを思い出した俺は、隣を歩くミオへと目を向けた。

突然自分のほうを見た俺に驚いたのか、ミオはハッとしてから顔を上げると、赤く染まった頬のまま固まった。

「今度、うちの学校の学園祭があるんだ。今日、その話をミオにしようと思って忘れてた」

「え……学園祭……？」

「うん。ミオさえ良ければ、ぜひ遊びに……って思ったんだけど。男子校だし、女の子ひとりでは来にくいよな……」

かといって、たっちゃんとふたりでおいでと誘って、ナルに会ったらマズいだろう。ナルは、ミオとたっちゃんが親友であることに否定的だし、それをふたりの前で表してお互いを嫌な気持ちにさせたくない。

だから、それならミオひとりで学園祭に遊びにくれば……と思ったけれど、さすがに男子校の学園祭に女子ひとりで来るのは厳しいだろう。

っていうか、話しておいてなんだけど、俺が嫌だ。

学校内でミオに会えるのは嬉しいけど、俺以外の飢えた男たちにミオを見られるのは、すごく嫌だ。

「……行きたい」

「え？」

「ユウリくんが大丈夫なら……学園祭、行ってもいい？」

驚いて、目を見開く。

まさかミオが行きたいと言ってくれるなんて、意外だった。

「でも……うち、男子校だよ？　うるさいし、ガサツなやつばっかりだし」

「……うん。でもふだん、ユウリくんが過ごしてる場所でしょ？　いつものユウリくんを見られるのは嬉しいし、だからその……ほんとに、ユウリくんさえ大丈夫なら、ぜひ」

耳を赤く染めて、恥ずかしそうに言うミオを前にしたらまた胸がキュンと高鳴った。

どうしよう。可愛い。

可愛すぎて、ほかの奴には絶対に見せたくないんですけど。

絶対に、ほかの奴には触らせたくないし、こうして手を繋ぐのも俺だけがいい。

腕の中に閉じ込めて、この先も――俺だけが、ミオの可愛さに気づける唯一の男であればいいのに、なんて、自分勝手なことを思ってしまう。

「……わかった。じゃあ、ひとつだけ約束してもらってもいい？」

「約束？」

「うん。当日は、俺から絶対離れないって約束して。俺以外の男がミオに近づかないように守るから、今日みたいに……俺の手だけは、絶対に離さないで」

繋いだ手にギュッと力を込めた。

そんな約束、大袈裟だってミオは思っているだろう。

だけど、決して大袈裟なんかじゃない。

それほど俺はミオのことが大切で、好きだから、守りたいんだ。

「ユウリ、くん……？」

気がつくと、ミオの家まであと十数メートルというところまで来ていた。

昨日はここで別れたけれど、今日は離れがたいし、何より繋いだ手を離すのが難しい。

「……ありがとう」

そのとき、ぽつりと呟かれたミオの言葉に、ハッとして息を呑んだ。

手を繋いだまま、俺を見上げるミオはふにゃりと笑うと、やっぱり照れくさそうに笑ってみせる。

「えへへ……。きっと学園祭もあっという間に終わっちゃうね」

「え？」

「今日も、手を繋いで歩いてきたら、あっという間だったから……。学園祭もドキドキしてるうちに、終わっちゃう」

ほんのりと、桜色に染まった頬。ふわりと風が吹いてミオの髪が揺れる。

——ドキドキして、なんて。

今、そんなことを言うのは反則だろ？

ミオは、俺のことをただの友達だと思ってるんだよな？

それなのに、ミオは友達の俺にもドキドキするの？


「ミオ、俺——」

俺、ミオのことが好きだよ。

友達としてじゃなく、ミオのことが好きなんだ。

だけど、そう言いかけた瞬間、繋がっていた手が離れた。

離したのはもちろんミオで、不意をつかれた俺は言葉を飲み込み、思わず離れた手を見つめてしまう。

「送ってくれて、ありがとう。恋愛指南書のレッスンも……これでまたひとつ、達成できたよね？」

——恋愛指南書。

ああ、そうだ。俺達は、恋愛指南書に書いてあるとおりに手を繋いだだけだった。

「次のレッスンも、【初デートを楽しもう！】だったから……。ユウリくんは、その意味も込めて、今度一緒に出かけようって誘ってくれたんだよね？」

当たり前のように尋ねられ、胸の奥がズキリと痛んだ。

俺は手を繋ぎたくて繋いだだけだ。デートだってミオと一緒に出かけたいから誘っただけで、恋愛指南書なんて……関係なかった。

「ユウリくん……？　どうしたの？」

まつ毛を伏せた俺を見て、ミオが不思議そうに首を傾げる。

ミオはあくまで〝友達の俺〟と恋愛指南書の内容を実践しているだけなのだと思い知らされて、返す言葉を失った。

ついさっき、自分は男として意識してもらえているんだと浮かれたばかりだったのに、ミオからすると俺は、〝たっちゃんとはまた違った男友達〟にすぎないんだろう。

俺ひとりが繋いだ手を離したくないと思っていたし、ミオともっと一緒にいたいと思っていた。

やっぱりミオは俺のこと――ただの友達としか思っていない。

「……また、電話してもいい？」

「え？」

「夜とか、ミオの時間のあるときに、また電話してもいい？」

　とにかく、少しでも『違うんだ』と伝えたかった。

　俺は恋愛指南書どおりに動いているわけじゃない。

　今日手を繋いだこともデートに誘ったことも、恋愛指南書に書かれていたからじゃないということを伝えたくて、必死だった。

「それは……あの……。恋愛指南書に書いてあったからとかではなくて……？」

「うん。そうじゃなくて、ミオの声が聞きたくなったら電話してもいい？」

　真っすぐにミオを見て尋ねると、戸惑うミオの頬にはまた淡い赤がさした。

　本当なら、今すぐ告白するべきなのかもしれない。

　だけど今……ここで告白する勇気なんて、さすがになかった。

　こんなにハッキリと友達だと一線を引かれたあとで、好きだと伝えられるはずがない。

「うん……わかった。ありがとう、嬉しい」

　長いまつ毛を伏せて頷くミオが今、何を思っているのかわからない。

　だけど少しでも、ミオが今、俺を意識してくれたらいい。

友達としてじゃなく、俺のこと……少しでも、男として見てほしくて必死だった。

「ありがとう。じゃあ、また今度電話する」

「……うん。こちらこそ、今日は送ってくれてありがとう」

微笑むと、ミオは桜色に染まった頬で頷いた。

ふわりと吹いた風が、離れた手のひらを静かに撫でる。

手を振って歩いていく彼女の背中を見送ってから、俺はひとり、たった今来た道を歩きだした。

左手にはいつまでもミオのぬくもりが残っていて、思わず拳を握りしめた。

レッスン07．初デートを楽しもう！

【ミオside】

「だ、大丈夫……だよね？」

駅トイレの化粧スペースで、鏡の中の自分とにらめっこをすること約十分。

今日はこれから、ユウリくんとデートの予定だ。

もちろんデートとは名ばかりで、テストの打ち上げと、恋愛指南書のレッスンの中身を実践するためだけど。

【初デートを楽しもう！】と書かれた表題の隣には、【初めてのデートは、お祭り!?かき氷をふたりで食べたり、楽しんじゃお☆】なんて言葉が書かれていた。

でもデートをしたことがない私は、どうするのが正解なのかがわからなくて……。

服も、慣れないメイクも、髪のセットも、もう何度も確認したけれど、何をゴールにすれば完璧だと言えるんだろう。

そもそも本当のデートではないのに、こんなに気合を入れる意味はあるのかな？

「ふぅ〜〜」

それでも、緊張していつもどおりでいられないのはたしかだった。

ユウリくんとふたりきりで出かけると思うと……少しでも、可愛い格好をしたいと思う自分がいるんだ。

『だ、だって、ユウリくんがカッコイイから……。隣を歩く私が変な格好してたら、ユウリくんに恥をかかせちゃうかもしれないし』

『ふ〜〜〜ん、あっそう。へぇ〜〜』

思い出すのは昨日の学校帰りに、たっちゃんと服を買いに行ったときの会話だ。

『どうしてそんなに可愛くして出かけたいと思うわけ？』と聞かれたので答えると、たっちゃんは呆れたような表情で私を見つめていた。

「よし……っ。今度こそ、大丈夫……っ」

独り言をこぼしながら、心臓を落ち着かせるように胸に手を当てる。

鏡の中の私は、真っ白なスタンドネックのシフォンブラウスに、膝丈のブラウンチェック柄のスカートという出で立《いでた》ちだ。

それはあの日……お姉ちゃんとお姉ちゃんの友達たちと会って買えなかった、私が生まれて初めて着たいと思った洋服だった。

『うん、美織のわりには、なかなかいいセンスしてるじゃん！　でも、よく決断できたよね～。だって、お姉ちゃんたちと会って、自分には似合わないかもって思ったんでしょ？　今までの美織だったら、絶対に諦めてただろうに……』

レジでお会計をすませてから帰る途中、一緒にきてもらったたっちゃんに、そう言われた。

たっちゃんの言うとおり、私も買いに行くギリギリまで悩んだし、やっぱりやめようかとも何度も思った。

だけど、あの日――。ユウリくんが、私に勇気をくれたから。

『自分をほかの誰かと比べる必要なんてない』と言ってくれたから、私は私らしく、自分が着たい服を着ようって思うことができたんだ。

「はぁ……」

やっぱり私、なんだか変だよ……。

『完璧に磨かれた宝石よりも、俺はこっちの自然で素朴な美しさを持つシーグラスのほうが好き』

『ほかの誰がなんと言おうと、俺にはミオ以上に可愛いと思える女の子なんていないし、この先もそれは絶対に変わらない。何より俺は、ミオが好きだから』

はぅ……。

思い出すと、また顔が熱くなって心臓が落ち着かない。

あのときユウリくんは、落ち込む私をなんとか元気づけようとして、そう言ってくれたんだと思った。

ユウリくんの言葉に、深い意味なんてない。

だってユウリくんは、すごく優しい男の子だから……。

だけど、わかっていても免疫のない私は思い出すたびにドキドキして、どうしても、ユウリくんのことを考えずにいられないんだ。

昨日だって、そのせいでユウリくんの顔を真っすぐに見られなかった。

恋愛指南書の内容を実践するために繋いだ手なのに、ドキドキして、落ち着かなくて……。

「え……わ……っ!?　もうこんな時間……！」

そのとき、ふと携帯電話の時間を見て驚いた。

早めに着いていたはずなのに、待ち合わせ時間までもうほとんど時間がなかった。

待ち合わせ場所である水族館までは、ここから歩いて五分ほどだ。

余裕を持って行動しようと思っていたのに、ユウリくんのことを考えていたら、あっという間に時間が過ぎていた。

「……もうっ。考えるのヤメヤメ！」

鏡の中の自分を見て、言い聞かせる。

慌てて荷物をまとめた私はトイレを出ると、駆け足で入場ゲート前へと向かった。

♡　♡　♡

「ミオ、こっち！」

土曜日ということもあり、水族館は家族連れやカップルで賑わっていた。

チケット売り場には列ができていて、もう少し早く着いていれば良かった……なんて思ったけれど、ときすでに遅しだ。

「ご、ごめんね、ユウリくん。時間ギリギリで……」

謝ると、ユウリくんは「大丈夫だよ」と笑ってくれる。

「チケット、買いに行かなきゃだよね。列に並んだら、十五分くらいはかかりそうだけど……」

ああ、もう。私がもっと早く着いていたら列もできていなかったかもしれないのに。

けれど、私がそう言ってチケット売り場を見ると、ユウリくんは携帯電話を取り出した。

「はい、これ」

「え……」

開かれたカバーに挟まっていたのは、水族館のチケットだ。

それを手に取ったユウリくんは、一枚を私に向かって差しだした。

「チケットなら買っといた。混むと並ぶの大変だなーと思ってさ」

「わ……ありがとう……。あ、待って！　お金、渡すね！」

慌てて鞄の中から財布を取り出して、チケット代をユウリくんに払おうとした。

だけど、そんな私の頭にポンと手を置いたユウリくんは、とても穏やかに目を細めて首を振る。

「ううん、いらない」

「え……？　でも……」

「俺がミオと水族館行きたかったから誘ったんだし。俺、一応バイトもしてるし、これくらい払わせて」

柔らかな笑顔を見せたユウリくんは、私の髪を優しく撫でた。

「だから、はい。どうぞ」

チケットを受け取ってから、改めてユウリくんを見上げる。

頭から手が離れたあとも、温もりだけが残っていた。

考えてみたら、私服のユウリくんを見るのは初めてだった。

細身のジーンズに、ブランドのロゴの入った黒のTシャツ。靴はいつか見た星のマークが特徴的なネイビーのスニーカーで、靴紐だけがオシャレなものに変わっていた。

シンプルなのに、見惚れるほどカッコイイ。

さっきから、友達連れで来ているらしい女の子たちがチラチラとこちらを見てるのは、間違いなくユウリくんを見ているんだろう。

「ミオ？　どうかした？」

「う、ううん……！　なんでもない！　チケット、ありがとう」

改めてお礼を言うと、ユウリくんは「どういたしまして」と言って笑ってくれる。

……やっぱり、新しい服を買ってよかった。

メイクもたっちゃんに教わって、がんばってみてよかった。

髪も服と合うように、今日は少しだけ巻いてみたけど変じゃないかな……？

もちろんそこまでしても、ユウリくんの隣に立つのが私じゃ、不似合いかもしれないけれど。

「……なんか今日のミオ、いつも以上に可愛い」

「へ……えっ⁉」

「あんまり、ほかの奴に見られたくないな……って、ウソ。ちょっと、見せびらかしたい気もするから複雑」

そう言うと、ユウリくんは私の前に手を差しだした。

思わず目を白黒させていると、ユウリくんはほんのりと頬を赤く染めてから口を開いた。

「手、繋ご。……混んでるし、迷子になったら困るし」

言葉と同時に、フイッとそらされた顔のせいで見えた耳も赤い。

高校生にもなって、迷子になんてなるわけないのに。

仮になったとしても、携帯電話で連絡を取りあえばいいだけだ。

「う、うん……。そう、だね」

だけど、どうしてか、それを言葉にできなかった。

どうしても……言葉にする気に、なれなかった。

ねぇ、どうしてユウリくんは、今、手を繋ごうって言ったの？

どうして私は……ユウリくんと、手を繋ぎたいと思っているの？

「……どこから見て回ろうか？」

伸ばされた手を掴むと、ギュッと握り返された。

ドキン、と鼓動が跳ねたと同時に、胸の奥がギューッと甘く締めつけられる。

男の子らしい骨ばった指と大きな手。

意識したら顔が上げられなくなって、思わずキュッと瞼を閉じた。

「あ、イルカショーやるみたい。そっちから見に行こうか？」

「あ……。う、うん！　そうだね……！」

ユウリくんの言葉に慌てて返事をした私は、隣に立つ彼を見上げる。

綺麗なアーモンド型の目が、真っすぐに私を見ていた。

ああ、やっぱりカッコイイなぁ……なんて。

初めて会ったときからずっと、ユウリくんはカッコイイ。

「……やっぱ、可愛い」

「へ……？」

「……ううん。行こ」

繋がれた手を、ユウリくんが引いて歩いていく。

私はそんなユウリくんの一歩後ろをついていきながら、ドキドキする鼓動にひとり、耳を澄ませた。

♡　♡　♡

「ねぇ、こいつ、可愛くない？　フウセンウオの赤ちゃんだって」

「わ……ほんとだ！　さっきのクラゲも可愛かったけど、こっちも可愛い！」

それからイルカショーを楽しんだ私達は、館内をふたりで見て回った。

その間もずっと手は繋がれたままで、いつの間にか最初に感じていた違和感もなくなっていた。

「あ……。あっちにはペンギンがいるみたい！　ユウリくん、今度はあっちに――」

けれど、そう言って私が向かいの水槽を指さしたとき。

不意に後ろで話す女の子たちの声が耳に入って、思わず言葉を止めて固まった。

「ねぇねぇ、あの人……さっき、入口にいた人じゃない？」

「あ。ほんとだ！　やっぱりカッコイイね～。背、高いし、超タイプ」

キャッキャと話す女の子たちの姿が、水槽越しに見えてしまう。

たぶん、年は私達と同じくらいで……とても可愛い女の子ふたり組だ。

「ペンギン、いいね。ちょうどエサやりの時間っぽいし」

「う、うん……」

振り向くこともできない私は、いけないとわかっていながら、つい、ふたりの会話に耳を澄ませてしまった。

「あーでも、隣にいるの、彼女じゃない？」

「ほんとだ〜。手、繋いでるし絶対そうじゃん。残念すぎるー」

――残念すぎる、というのは、何に対しての言葉だろう。

自分たちがカッコイイと思った男の子に彼女がいたことが残念？

それとも……誰が見てもカッコイイ男の子の隣にいる私が、どう見ても残念すぎるということだろうか。

「ミオ、どうした？」

背中で、女の子たちの気配が遠のいていくのを感じた。

ハッとして顔を上げれば、心配そうに私を見るユウリくんと目が合った。

「もしかして疲れた？　もし疲れたなら、少し休もうか？」

ユウリくんは、本当に私が疲れてしまったんだと思ったのだろう。

カッコイイだけじゃなくて、すごく優しい男の子。

こんなに素敵な人なら――彼女がいて、当たり前。

きっと、彼女がいないほうが変だし、ユウリくんのことが好きだという女の子もユウリくんのまわりにはたくさんいるに決まってる。

「……ミオ？」

「――っ」

……あれ？

だけど、そう考えたらなぜだが胸がチクリと痛んだ。

ユウリくんのことを好きだと言う女の子がいたら嫌だなんて――なんで私、そんなふうに思ってしまうんだろう。

「やっぱり、少し休もうか？」

「え……あ、だ、大丈夫だよ！　ペンギン、見よ！」

「うん。でも俺もちょうど喉が乾いたし、二階にドリンクコーナーがあるみたいだから、少しそこで休憩しない？　ペンギンは、またあとでも見られるし」

そっと微笑んだユウリくんは私の手を引いて、ドリンクコーナーへと向かった。

慌てて着いて歩くと、ユウリくんは先に空いている席へと私を座らせてくれた。

そして、また当たり前のように自分のお財布からお金を出すと、自分の飲み物と一緒に私の飲み物まで買ってきてくれて……。

「はい。どうぞ」

「ありがとう……」

差しだされたオレンジジュースを受け取って、前の席に座るユウリくんを見つめる。

すると、その直後――先ほど目にした女の子たちが斜め前の席に座っていることに気がついて、そのうちのひとりと思いがけず目が合った。

「……ヤバッ！　彼女のほうと目が合っちゃったんだけど！」

「もう〜、アンタがあの男の子追いかけようとか言うから、彼女に怪しまれてんじゃん？」

女の子たちはそう言うと、気まずそうに目をそらす。

かく言う私は、また胸の奥がモヤモヤして……。

やっぱり私……なんだか、変だ。ユウリくんを連れて、今すぐここから動きたい。

……あの子たちから、離れたい。

「……ミオ。こっちも、飲む？」

「え……？」

「俺が頼んだの、ここの水族館限定メニューなんだって。今飲んだら、けっこうおいしかったから。はい、どうぞ」

つい手元に落としていた視線を上げると、綺麗なブルーの飲み物が目に入った。

透明なカップの中でシュワシュワと炭酸が弾けて、ドリンクの底には真っ赤なチェリーがふたつ、沈んでいる。

「あ、ありがとう……」

なんとなく断れなくて、差し出されたストローをパクリとくわえた。

すると口の中いっぱいに、ラムネソーダの味が広がって、おいしさに思わず顔がほころんだ。

「わ……これ、おいしい！」

「だろ？　ちょっとレモンも入ってて、あんまり飲んだことない味だよな」

フッと息をこぼして笑うユウリくんがカッコよくて、つい笑顔に見惚れてしまった。

本当に、どうして今自分がこの人と一緒に水族館にいるのか不思議だ。

こんな、まるでデートみたいなことを、ユウリくんとできるなんて……。

あ——！

そのとき、ユウリくんがたった今私が飲んだばかりのストローを口に含んだ。

私は、そこでようやく自分がユウリくんと間接キスをしたことに気がついた。

思わず目を丸くして固まると、チラリとこちらを見たユウリくんと目が合って、自然と頬が熱を持った。

「あの、さ。そんな赤くなられると、俺まで照れるんだけど」

「……えっ、あ、ご、ごめんなさい！」

「いや……こっちこそ、ごめん。ミオが上の空みたいだったから、ちょっとイジワルしてみた」

――イジワル、なんて。

こんなの全然、イジワルなんかじゃない。

間接キス。

考えてみたら、ふだん、たっちゃんともしているけれど、たっちゃんは友達で……

こんなふうに意識したことは一度もなかった。

でも、それを言うならユウリくんだって友達……でしょう?

そう思うのに、また心臓が早鐘を打つように高鳴りだして、目の前がキラキラと星が飛んだみたいに輝いて見えた。

「えー、っていうかさ、さっきから普通にラブラブじゃない?」

「手、繋いで歩いてたしね。うちらが入る余地なさそうだよ」

そう言って、女の子たちがユウリくんから目をそらす。

私は、正面に座るユウリくんから目をそらすことができなくて……。

どうして、だろう。たっちゃんが相手なら、こんなにドキドキなんてしないのに。

ああ、そうだ。いつだって、ユウリくんだけなんだ。

いつも、ユウリくんといるとドキドキして、自分が自分じゃなくなったみたいになって、気がつくと、彼のことばかりを考えている。

頭の中がユウリくんでいっぱいになって……気がついたら、一緒にいないときでもユウリくんのことを考えてしまう自分がいた。

「……行こっか」

「え……、あ、うん……っ！」

いつの間にか空になったドリンクをゴミ箱へと捨てたユウリくんは、立ち上がるとまた私の手を取った。

ひんやりと冷たい手がすぐに熱くなって、真っすぐにユウリくんの顔を見られなくなる。

……どうしよう。どうしたらいい？

ギュッと握られた手の感触がくすぐったい。

思わず唇を噛みしめた私は、背の高い彼の背中をそっと見つめた。

♡　♡　♡

「そういえば、この間話した学園祭、再来週なんだけど。予定、大丈夫そう？」

楽しい時間は、あっという間に過ぎていく。

それは子どもの頃から変わらなくて、きっと大人になっても変わらないんじゃないかと、ふと考えるときがある。

「うん、大丈夫。楽しみにしてるね！」

あのあと二時間ほどかけて水族館内を見て回った私達は、帰りの電車に揺られていた。

今日は水族館を出たあとは、近くのカフェでパンケーキを食べて……。

ドキドキしていたせいで、パンケーキの味もあんまり覚えていなかった。

相変わらず今も手は繋いだままで、電車の揺れと繋いだ手の感触が、不思議とひどく心地が良い。

「もしタイミングが合えば、そのときに友達のナルのこと、紹介させて」

「ナルくんを？」

「うん。ほら……ミオは、俺にたっちゃんのことを紹介してくれたのに、俺はいまだにナルのこと紹介できてなかったから」

言われて改めて考えるとそうだった。

ユウリくんの口から、よくナルくんの名前は聞いていたけれど、実際の彼には一度も会ったことがなかったんだ。

「ありがとう、嬉しい……」

「嬉しい？」

「うん。だって、ユウリくんの友達ならきっと素敵な男の子なんだろうし、やっぱり、ユウリくんの仲の良い友達を紹介してもらえるのは嬉しいし……」

——どうして？

と、自分で言っておきながら、また疑問が脳裏をよぎる。

別に、友達の友達に会えたから嬉しいなんて……今まで、そんなふうに特別に考えたことはなかったのに。

『次は――駅、――駅』

「あ……」

そのとき、私が降りるべき駅を知らせるアナウンスが車内に響いた。

パッと顔を上げるとユウリくんと目が合って、なんだか急に、寂しさが胸いっぱいに押し寄せる。

「次、ミオが降りる駅だね」

「……うん」

……もう少し、一緒にいたかった。なんて。

そんなふうに思ってしまう自分がいる。

だけど考えたら恥ずかしくなって、咄嗟に顔をそらしてしまった。

「きょ、今日は、誘ってくれてありがとう。すごく、楽しかった」

「……うん、俺も。すごく、楽しかった」

――楽しかった。本当に、楽しかった。

ねぇ、だから？

だから、こんなに離れたくないって思ってるのかな？

思わず自問自答してみるけれど、いっこうに答えは見つからない。

もっと一緒にいたいって……どうして、そんなふうに思うの？

ユウリくんとはまた会えるはず。だけど、それもあと何回……こんなふうに会えるんだろう。

「それじゃあ、また……」

グッと唇を噛みしめて、繋いだままだった手を離して立ち上がった。

するとユウリくんも一緒に立ち上がってくれて、開いた扉の前まで来てくれる。

「いろいろ、本当にありがとう……」

胸の前でギュッと手を握って、背の高いユウリくんを見上げた。

同時に、ホームには発車の注意を促すアナウンスが響き渡り、私は一歩後ろへと足を引く。

本当に、あっという間だった。

また、こんなふうにお出かけもできるかな？

……ううん、無理だよね。だってもう、恋愛指南書にはデートの項目はなかったもん。

次のテストが終わる頃には指南書のレッスンも終わっているかもしれないし、そしたら今日みたいに打ち上げで出かけることもできないだろう。

「……っ、え⁉」

そのとき、発車のベルが鳴り響くギリギリで、ユウリくんがホームに降りた。

突然のことに驚いた私は息をのんだあとで、前に立つユウリくんを呆然と見上げた。

「ごめん、俺……っ。もう少し、ミオと一緒にいたい」

ハァ……と息を吐いたユウリくんの顔は赤くなっていて、口元は手の甲で隠されている。

「ダメ、かな？」

ダメなんかじゃない。

だって……。だって私も、ユウリくんと同じように、もう少し……もっと一緒にいたいって思ってたから……。

「楽しすぎて、どうしてもミオと離れたくなくて」

「わ、私も……」

「え……？」

「わ、私も、もう少し一緒にいられたらいいなって思ってたから……その……」

「──だから、嬉しい」と、今にも消えそうな声で続けた私の言葉は、ユウリくんに届いたかわからない。

けれど、そっと繋がれた手は温かくて、思わず胸がキュンと鳴るのが自分でもわかった。

『そもそもね、恋はしようと思ってするものじゃなくて、突然落ちるものなんだよ』

『気がついたら落ちてるの。もう引き返せないとこまでね』

ふと、以前たっちゃんに言われた言葉が脳裏をよぎった。

恋は、しようと思ってするものじゃない。

気がついたら知らないうちに落ちてるものだって、たっちゃんは言ったけど──。

「……ほんと、ズルい」

「え……？」

「そんなふうに言われたら、俺、また調子に乗るよ？」

調子に乗るって、いったいどういう――。

と、そこまで言いかけた言葉を飲み込んだのは、また、身体が温かい腕に抱き寄せられたからだった。

ドク、ドク、と伝わる鼓動が、どちらのものなのかなんてわからない。

「ユウリ、くん……」

抱きしめられているんだと気づくのに時間はかからなくて、気づいたときには身体はゆっくりと離されたあとだった。

「ミオと、少しでも長く一緒にいたいから、送らせて」

そう言って、歩きだしたユウリくんの手はいつもよりも熱かった。

だけどそれは、私の手が熱かったのか、ユウリくんの手が熱かったのか……本当のことは、たぶん、今の私達にはわからない。

ただわかるのは、ユウリくんの立っている右側だけがやけに熱くて、心臓の音も聞こえてしまうんじゃないかと思うほど高鳴っていることだけだ。

帰り道、ふたりで何を話したのかも……結局、覚えていないけれども。

「それじゃあ、また連絡する」

家のすぐ近くまで送ってくれたユウリくんが、そう言って帰っていく背中を見ながら、離れたばかりの手を握った。

……ねぇ、たっちゃん。

たっちゃんの言うことが本当なら、これは……これが、恋、なのかな。

ドキドキして、落ち着かない。

心臓が、自分のものなのに自分のものではないみたいで、いつまでも、ユウリくんのことが頭から離れなかった。

「……美織？　どうしたの？」

「……っ‼」

だけど、顔を上げて家の中に入ろうとしたら、タイミングよく家から出てきたお姉ちゃんと鉢合わせた。

咄嗟に振り向いてユウリくんの姿を探したけれど、もうユウリくんは、角を曲がったあとで、姿を見つけることはできなかった。

「今、帰ってきたところ？」

ユウリくんが見えないことに、心の底からホッとした。

プリーツの可愛いミニスカートに、袖にフリルがついたブラウスを着ているお姉ちゃんは、やっぱり今日も隙がないほど可愛かった。

「う、うん。今、帰ってきたところ。お姉ちゃんは、これから出かけるの？」

「うん。そう、ちょっと友達とねぇ。あ……、その服、もしかしてこの間の服？」

「え……あ、うん」

尋ねられて曖昧に頷くと、お姉ちゃんはフワリと花が開くように微笑んだ。

「可愛い～。あのとき、みんなは私に似合うって言ってたけど、私は美織のほうが似合うと思ってたの」

お姉ちゃんは、たぶん心からそう思って言ってくれているのだろう。

お姉ちゃんは、いつでも私に優しいんだ。

ああ、やっぱり……天使みたい。背中には真っ白な羽根が生えていて、誰が見たって可愛くて、綺麗で……守りたくなるような、女の子だ。

『お前に、俺の気持ちがわかるのかよ。恋もしたことのないお前に、何がわかるっていうんだよ』

耳の奥で鳴り響く声に、ズキリと胸が締めつけられた。

お姉ちゃんに恋をしていた彼も、こんなに可愛いお姉ちゃんだからこそ、恋い焦がれていたんだろう。

「それじゃあ、いってきま～す」

「あ……いってらっしゃい……！」

鈴が転がるような声を残して、お姉ちゃんが歩いていく。

その背中を見送りながら、私はそっと自分の胸に手を当てて息を吐いた。

レッスン08．何気ない日にプレゼントを贈ろう

【ユウリside】

「浮かれたり落ち込んだり、忙しい奴だな」

週明けの、朝の教室はいちだんと賑やかだ。

ミオとのデートについて報告した俺を前に、ナルはあからさまに呆れた顔をした。

「っていうか、そこまで言ったなら、さっさと告白すればいいだろ。ミオちゃんって子も、まんざらでもなさそうだし」

いわゆる棒読みに近い言い方をするナルは、気だるげに手元の漫画のページをめくった。

「たしかに、それはそうなんだけど……。でもさ、友達宣言されたばっかりだし、何よりミオは……」

言いかけて、口をつぐむ。

たしかにナルの言うとおり、昨日は告白するには何度もチャンスがあったように思

う。

実際、ミオを家まで送った帰り際に、告白しようかとも考えた。

だけど、ふと……ミオの後ろに建つ家を見たら〝あること〟を思い出して、踏みとどまってしまったんだ。

「友達って言われたこと以外にも、何か引っかかってることがあるのか？」

「うん、まぁ。くわしいことは言えないけど、ミオ、中学生の頃に嫌な思いをしたことがあるみたいで……」

それは以前、ミオと海へ行ったときに、ミオ自身から聞かされた話だった。

『中学生のときにもね、友達だと思ってた男の子が、実はお姉ちゃん目当てで私に近づいてきてたってことがあって』

『その男の子にも言われたの。〝お前なんて愛美さんのオマケのくせに〟……って』

そう言ったときのミオは、今にも泣きだしそうな顔をしていた。

過去、ミオは友達だと思っていた男に傷つけられたことがあるんだ。

ミオがその男のことをどう思っていたのかはわからないけれど……。

ずいぶん、ひどいことを言われたのだということだけはハッキリわかる。

それにミオはその男以外からも、これまで何度も自分のお姉さんと比べられてきたらしい。

そんなミオなら今、友達だと思っている俺に対しても慎重になっているに違いない。

たっちゃんだって……それがわかっていたからこそ、前もって俺に忠告をしたんだと今ならわかる。

ミオを絶対に傷つけるな、って。

過去、何度もお姉さんのことで傷ついてきたミオだから、もう二度とあんな思いはさせたくないと思って……。ミオの親友であるたっちゃんも、事前に俺に釘を刺した。

「昔、友達だと思ってた男に、すごく傷つく言葉を言われたことがあるみたいなんだ」

「まさか、それで男不信……ってわけじゃないよな。だって、現に今は男の親友がいるみたいだし、ユウリとだって普通に接してるんだし」

「うん、たぶんそういう感じではないと思うんだけど。でもミオは、過去にその男に言われた言葉をすごく気にしてるふうだった」

「……へぇ」

珍しくナルが、女の子のことで考え込む素振りを見せた。

でも……そう思うとミオにとって、その過去の男は特別な存在だったんじゃないか？とも感じてしまう。

ミオのお姉さん目当てに近づいてきてたことだって、ミオは実はその男のことが好きで、そういう相手に『お前なんてお姉さんのオマケだ』と言われたからショックで、いまだに気にしている……ってことも、ありえなくはない気がする。

「まぁでも、その男に、ミオちゃんが過去に何を言われたのか、俺にはわからないけどさ」

「……うん」

「たとえ、過去にそいつに傷つけられたことがあったとしても、そんな奴のことはお前が忘れさせてやればいいじゃん」

さも、当然のことのように言ったナルは、自分が今どれだけ男前なことを言ったのかも自覚はないんだろう。

だけどたしかに、ナルの言うとおりだった。

過去になにがあったって、俺が全部忘れさせてあげたらいい。

何があっても俺はミオのことを傷つけたりしないから、それをきちんと伝えていけばいいだけの話だ。

「俺と違ってお前なら……きっと、大丈夫だよ」

「……ナル、ありがとう。やっぱり、ナルに相談してよかった」

素直な気持ちを言葉にすると、ナルはなぜか複雑な顔をして視線を斜め下へと落としてしまった。

「別に。お礼を言われるようなことはしてないし。っていうか、ミオちゃん、今度の学園祭にも来るんだろ？」

「ああ、うん。誘ったら、来たいって言ってくれたから」

「そ、っか……」

呟いたナルが、また難しそうに眉根を寄せる。

そんなナルの様子を気にしながらも、ふと教室の中を見渡した。

どこを見ても男、男、男ばかりだ。

この学校には女性といえば数人の先生がいるだけで、毎年学園祭では他校の女の子と交流できることを楽しみにしている奴らが多い。

だから当日は、しっかりミオを守らないと。

欲を言えばそれまでに告白さえできたら……もっと堂々と、ミオを守れるのかもしれないけれど、そう考えたらあと少ししか猶予がなかった。

「あ……」

そのとき、机の上に置いてあった携帯電話が震えた。

確認するとミオからのメッセージで、明々後日の放課後の予定をどうするかが書かれていた。

「ミオちゃんと、今日とか明日は会わないわけ？」

「うん。ミオ、委員会の予定があるみたいだし、俺も学園祭の準備を手伝わないといけないから」

土曜日に、ふたりで水族館に出かけたばかりなのに、もうミオに会いたくてたまらない。

毎日少しずつミオのことを考える時間が増えて、ミオに触れれば触れるほど自分がどんどん欲ばりになっていくのがわかってしまう。

「なんか、俺、ヤバいかも。ミオを知れば知るほど、もっと好きになっていく」

「……でも、それが恋ってやつだろ」

「え……？」

「好きになればなるほど、幸せと一緒に苦しいことも増えていく。そういうもんだろ、恋ってさ」

思いもよらない言葉に、落としていた視線を上げた。

すると漫画から目を上げたナルの真っすぐな瞳と目が合って、思わず鼓動がドクリと跳ねる。

まさか、ナルからそんな言葉が出てくるとは思わなくて――。

なんだかさっきから、少し、いつものナルとは違うような気がする。

「ナル……今朝、変なものでも食べた？」

「……別に。まぁ一応、経験談ってことで」

そう言うと、ナルはすぐに視線を斜め下へとそらしてしまった。

その瞳の奥には消せない切なさが見え隠れして、つい言葉に詰まってしまう。

ナルは過去、苦い恋を経験している。

だからこそ恋のつらさも楽しさも、身をもって知っているんだ。

「……そうだよな。忠告、ありがとう」

呟くと、ナルも小さく頷いてくれた。

同時に、授業のはじまりを告げるチャイムが校舎に鳴り響き、クラスメイトが慌ただしく自分の席へと戻っていく。

……ちゃんと、今の時間を大切にしよう。

そんなことを考えながらふと見上げた空には灰色の雲が浮かんでいて、太陽をすっぽりと隠してしまっていた。

♡　♡　♡

「お、おいしいかわからないけど、一応、毒味はすんでます……！」

木曜日の放課後、予定どおり駅前で待ち合わせた俺達は、近くの公園へと足を運んだ。

「ふは……っ。毒味って……、そんなのしなくても、普通においしそうだけど？」

真っ赤な顔のミオを見ていたらおかしくて、思わず笑みが溢れてしまう。

今日は、恋愛指南書のレッスンの続きを実践するつもりで待ち合わせしたのだ。

内容は……【何気ない日にプレゼントを贈ろう】だ。

その続きには、【草むしりをしている相手に、ジュースをプレゼント⁉ サプライズで笑顔にしちゃお☆】なんて書かれているけれど、相変わらずあまり参考にはなりそうにない。

「プレゼントって、何がいいのかサッパリで……。だから、たっちゃんにも相談した結果、手作りクッキーにしてみたの」

そう言うミオの手には、綺麗にラッピングされたクッキーが乗っていた。

手作りクッキーって……いや、普通に嬉しいし、どこから見てもおいしそうで、ミオが言ったみたいな毒味なんて絶対に必要なさそうだ。

「ありがとう。めちゃくちゃ嬉しい。今、食べてもいい？」

「う、うん！　どうぞ！」

ふたりで並んで公園のベンチに腰かけ、ミオの手からクッキーを受け取った。

ひとつひとつ丁寧《ていねい》に型どられた、クマの形の可愛らしいクッキーだ。

チョコレートで顔も描かれているし、ずいぶん手も込んでいるように見えるけど。

「……うわ、うまっ」

サクリ、と良い音を立てたクッキーは、口に入れたとたんホロホロと崩れた。

絶妙な甘さと、紅茶のいい香りが鼻から抜ける。

手作りクッキーなんて久しぶりに食べたけど、こんなにおいしいクッキーを食べたのは初めてだ。

もちろんそれは、ミオの手作りってことが一番の理由に決まっているけれど。

「お世辞抜きで、めちゃくちゃおいしいんだけど。これ、ミオが作ったの？　すごくない？」

「あ、ありがとう。バタークッキーだから甘くなりすぎないように、少し、紅茶も入れたの。大丈夫そうで良かった……」

口の前で両手を合わせ、心底ホッとしたように微笑むミオが、たまらなく可愛い。

何より、俺のためにこのクッキーを一生懸命焼いてくれているミオの姿を想像したら、たまらなく嬉しかった。

この一枚一枚に、ミオの気持ちが込められてる。

なんか、そう考えると食べ終わるのがめちゃくちゃもったいない気がして仕方がない。

「これ、写真撮ってもいい？」

「え？」

「だって、こんなに可愛く作ってくれたのに、食べて終わりとかもったいないし」

膝の上にクッキーの入った袋を置いて、ポケットから携帯電話を取り出した。

そして、袋の中からクッキーを一枚取り出すと、驚いた表情で固まるミオと一緒に写真に収める。

「え、あ……嘘っ。今、絶対変な顔してたっ！」

「ふはっ、いつもどおり可愛いよ？　でもこれで、心置きなく食べられそう」

撮ったばかりの写真を眺めてからポケットに携帯電話を戻すと、もう一枚クッキーを頬張った。

またホロホロと口の中で崩れたクッキーは、ミオに聞いたからなのか、ほんのりとしたバターの香ばしさを感じることができる。

「しゃ、写真なんて撮らなくても、また作るよ？」

「え？」

「その……。ユウリくんさえ迷惑じゃなければ、私、またクッキー作るから……」

「喜んでもらえて本当に嬉しい、ありがとう」と小さな声で言ったミオは、両手を頬に当てながら、幸せそうにはにかんだ。

「クッキー、作って良かったぁ」

……ああ、ヤバい。どうしてこんなに、可愛いんだろう。

こんなに可愛いミオの笑顔を、たっちゃんや、ミオと同じクラスの奴らは毎日だって見てるんだろうか。

もし俺も、ミオと同じ学校で同じクラスにいられたら、今よりもっと、ミオと過ごせる時間もあるはずなのに。

もっと早くミオに声をかけられて、もっと早く……今みたいに、一緒に過ごせていたかもしれない。

「で、でも。ユウリくんなら、手作りクッキーとかもらうの、初めてじゃない、よね？」

「え？」

「そ、その……。ユウリくん、カッコイイからモテるだろうし、ほかにも女の子たちから手作りのお菓子とかプレゼントされてるんだろうなぁって思って」

膝の上でギュッと拳を握りしめ、恐る恐るといった様子でミオが尋ねる。

俺は一瞬キョトンと目を丸くしたあと――慌てて我にかえって、心配そうにこちらを見るミオを前に、顔の前で片手を振った。

「いや、俺がもらったことあるのは、中学のときとかだから！」

「やっぱり、そうだよね……」

なぜかシュンと肩を落としたミオを前に、焦りばかりが募ってしまう。

俺、なんかマズイこと言った？

「中学のときとか、もう何年も前の話だし！　俺、こんなに嬉しい気持ちになったのはミオが初めてだよ？　それに、ミオがこれからも俺のためにクッキー作ってくれるって言うなら、もう誰からも手作りのお菓子とか受け取るつもりないし、絶対！」

ミオの目を見て言うと、ミオは顔を真っ赤にして俺から目をそらしてしまった。

「ミオ……？」

ギュッ、と相変わらず膝の上で手は握りしめられている。

何かを言いたそうなのに堪えているミオの様子に不安になって、思うように続く言葉が出てこない。

「ユ、ユウリくんって、ズルい……」

「え？」

「そんなふうに言われたら、深い意味はないってわかってても舞い上がっちゃうよ」

深い意味はない？

舞い上がっちゃうって……それは、いったいどういう意味なんだろう。

「ミオ、俺……」

「そ、そしたらこれで、今回のレッスンは完了だよね……！」

「え？」

「〝何気ない日にプレゼントを贈ろう〟は、無事に完了しましたって、日記にもつけないと……！」

急に早口でそう言ったミオは、ひとりでベンチから立ち上がろうとする。

そんなミオの腕を慌てて掴んだ俺は、咄嗟に考えていたことを口にした。

「いや、まだ俺からミオに何もプレゼントできてないし！」

ミオから一方的にもらっただけじゃ、レッスン完了とはいかないだろう。

なにより俺が、納得いかない。

俺だって、ミオに喜んでもらえる何かを贈りたいと思っていたのに……。

「でも、ユウリくんにはこの間の水族館のときにチケットを買ってもらったりしたから……」

「アレはアレ、コレはコレだろ！　って言っても、ミオが何を喜ぶのか、わからなくてさ」

だから今日は、プレゼントを用意できなかった。

今日ミオに会ったら、何か欲しいものはないか聞くつもりだったんだ。

「あ、そうだ。そしたらさ、これから一緒に探しに行かない？」

「探しに？」

「うん。それで、ミオが気に入ったものをプレゼントさせて。……よし、そうと決まれば行こう。とりあえず、前に会ったステーションビルとか行ってみようか」

まくしたてるように言うと、真っすぐにミオを見つめた。

善は急げだ。クッキーの入った袋を丁寧に鞄の中にしまった俺は、ミオの手を取り立ち上がる。

「で、でも私は、ユウリくんにいつももらってばかりだし……っ」

「そんなの、別に俺が勝手にしてることだし、そう言ってもシーグラスと水族館のときくらいだろ？　だから今日はできれば、ミオが身につけられるものをプレゼントできたらって思ってるんだけど」

「私が、身につけられるもの？」

「うん。会えない日もミオに、俺を思い出してもらえるように。だから結局、全部俺の、ワガママだから」

繋いだ手は、ミオを家に送り届けるまで離すつもりはない。

そう言って笑うと、ミオはまた顔を真っ赤にして俯いた。

「行こう。ミオが気に入る何かが、見つかるといいけど」

俺の言葉に、ミオは返事をしてくれない。

だけどこうして、ふたりで放課後デートに繰り出せる口実ができただけでも嬉しかった。

歩きだすと、掴んだ手をギュッとミオが握り返してくれる。

振り返れば上目遣いのミオと目が合って、また胸の奥が痛いくらいに締め付けられた。

♡♡♡

「う〜〜、なんか、ごめんね……」

そのあとふたりで電車に乗って、ステーションビルに立ち寄り、いくつかのお店を見てまわった。

服や、アクセサリー、小物まで……。ひと通りは見たつもりだけど、コレ！というものは見つからなくて、結局ビルを出てきたところだ。

外に出ると陽が沈みかけていて、もう今日という日にはあまり時間は残されていなかった。

「とりあえず、裏通りにあるベンチで休憩しようか？」

「うん、ごめんね」

手持ちに限界はあるけれど、俺としては、ミオが気に入ったものをプレゼントしたい。

だけどミオは何を見ても「申し訳ないし、大丈夫だよ」と言うだけで、やっぱり俺からのプレゼントを遠慮しているみたいだった。

「ミオ、ほんとに気にしなくていいから――」

なんでも、自分が欲しいと思ったものを教えてほしい。

だけど、そう伝えようとしたとき、ふとあるものが目に入ってその場に足を止めた。

「ユウリくん？」

裏通りに入ってすぐの場所に、小さな出店のワゴンがある。

可愛らしくディスプレイされたワゴンの後ろには、大学生くらいのお姉さんがちょこんと座ってラッピングの作業をしていた。

「ミオ、あのお店、見に行ってみない？」

「え……でも……」

「見るだけでも。せっかくだし、まだ帰るには少し早いし」

繋いだ手を引いて、ミオとワゴンへと向かった。

近くで見ると、木製の本当に小さなワゴンだ。

足元部分は鉄製の車輪がついていて、簡単な移動式になっている。

ワゴンの前で足を止めると、色とりどりのアクセサリーが、俺達を迎えてくれた。

「わぁ……可愛い……」

　隣のミオが、思わずといった様子で感嘆の声を漏らす。

　と、同時に、ワゴンの後ろに座っていたお姉さんが俺達の前にひょっこりと顔をのぞかせた。

「ありがとう。どれも私の手作りなの。気に入るものがあれば、手に取って見てくれていいからね」

「え……っ、これ全部、お姉さんの手作りなんですか⁉」

「うん。私、この近くのデザイン専門学校の卒業生で……。在学中は、そこでプロダクトデザインの勉強してたね。将来は、ジュエリーデザイナーになるのが夢だったの」

「ジュエリーデザイナー……」

「ふふっ、そう。だから、ここにあるのは自分の夢の延長みたいなものなんだけど、でも、ひとつひとつ大切に作ったものだから、どれも全部オススメ品だよ」

　ふわりと花が開くように笑ったお姉さんは、とても綺麗な人だった。

「すごい……どれも、全部可愛い。この、ＣＯＳＭＯＳ《コスモス》って……？」

「ああ、うん。それは一応、格好だけでもショップ名みたいな感じ。おばあちゃんの名前と、私の名前を組みあわせて作ったの」

お姉さんの説明を聞きながら、ほぅと息を吐いたミオは、ワゴンの商品に魅入っている。

その姿を隣で眺めていると、ミオがふと、あるもののところで目を止めて、おもむろに手を伸ばした。

「これ……」

ミオが手に取ったのは、綺麗なガラス石がついたイヤリングだった。

半透明の淡いブルーの石を、ゴールドの針金がぐるりと包み込んでいる。

「ねぇねぇ、ユウリくん。これ……あの、シーグラスみたいじゃない？」

「え？」

「ほら、ユウリくんからもらったシーグラスと同じ色。海を閉じ込めたみたいで、すごく綺麗……」

――シーグラス。それは以前、ミオとふたりで海に行ったときに、俺が偶然拾ってミオに渡したものだった。

同時に、あの日のミオの言葉が脳裏をよぎる。

『だからたぶんこの先も……お姉ちゃんが磨かれた宝石だとしたら、私はこの不格好なシーグラスのままなんだと思う』

あのときミオは、そう言って寂しそうに笑ったけれど……。

長い時間をかけて傷ついて、波に揉まれて角の取れたシーグラスは、もしかしたらミオの言うとおり、ミオと似ているものがあるのかもしれない。

だけどそんなふうに出来上がったガラス玉は、人工的に磨かれた宝石よりも、何倍も価値のあるものだと思うんだ。

「気に入ったなら、それにしようか？」

「え……」

「すみません、これください。できれば、プレゼント用にしてもらえますか？」

声をかけると、お姉さんは嬉しそうに笑ってミオの手からイヤリングを受け取った。

そして手早くそれを包装したあと俺の手からお金を受け取って、また花が開いたような笑顔を浮かべる。

「可愛いふたりだから、値引きしておくね？」

「え……でも……」

「いいのいいの。その代わり、これからたくさん使ってね！　ありがとうございました」

ヒラヒラと手を振るお姉さんに、ふたりで揃って頭を下げた。

「ありがとうございました。ミオ、行こう？」

「う、うんっ。あの……ほんとにありがとうございました！　一生大切にします！」

お姉さんにお礼を言って、並んでその場をあとにした。

そして、今来た道を戻ると駅につく前に、改めてミオに向き直る。

「はい。これ、どうぞ」

渡したのはもちろん、今買ったばかりのイヤリングだ。

お姉さんが透明の袋でラッピングしてくれたおかげで、中のイヤリングもハッキリと見ることができた。

「っていっても、そんなに高いものじゃなくて申し訳ないけど」

「ううん。ありがとう、嬉しい。このイヤリング、ひと目見たときからすごく素敵だと思ってたから、本当に本当に、嬉しい。ユウリくん、ありがとう」

イヤリングを受け取ったミオは、とても幸せそうに微笑んだ。

俺達は別に恋人同士でもなければ、今日が何かの特別な記念日だと言うわけでもない。

それでも、ミオのこんなに嬉しそうな笑顔が見られるなら、諦めずにプレゼントを渡せて良かったと思う。

……むしろ、俺のほうが嬉しいくらいだ。

ミオに、こんなに喜んでもらえて、俺のほうこそたまらなく幸せな気持ちになって、心が充実感で満たされる。

「シーグラスと一緒に、一生大切にするね」

「……うん」

「ユウリくんといると、いつもたくさんの宝物をもらった気持ちになるよ。本当に本当に、いつも私に優しくしてくれて、ありがとう」

──優しくしてくれて。

ミオの言葉と同時に、ふわりと温かな風が吹いて頬を撫でた気がした。

プレゼントを手にして真っすぐに俺を見上げるミオは、とても柔らかな笑みを浮かべている。

「……俺は別に、優しくしてるつもりなんてないよ」

心臓が、ドクリと大きく脈を打った。

「え……？」

「ただ、ミオの笑顔が見たくて……。ミオに、俺を好きになってほしくて、いつもただ、必死なだけだ」

言葉は自然と、口から滑り落ちていた。

コップから水が溢れるみたいに、気持ちが溢れて止まらない。

「ユウリ、くん？」

「俺のほうこそ、いつもいつも、ミオには幸せな気持ちをもらってるんだ」

「私に……？」

「うん。だって俺は……ミオのことが好きだから。ミオが笑ってくれるだけで、どうしようもなく幸せな気持ちになるし、これからも隣で笑っていてほしいと思う」

——好きだから。

ようやく声になった言葉に、ミオが驚いたように目を丸くした。

ああ、もう限界だ。いや、もうとっくに限界なんて超えていた。

一秒でも早く、ミオに想いを届けたい。

伝えたい気持ちはいつだってひとつだったのに、ずっとそれだけが言えなかった。

「え、と……。その、好きって、それは前にも聞いたみたいに、友達として……？」

「違う。友達としてじゃない。俺はミオに、俺の彼女になってほしいんだ」

「か、彼女、に……？」

「うん。……ミオ。俺は、ミオのことが好きだよ。だから、俺と付き合ってほしい。友達としてじゃなくて、俺と、恋人になってほしい」

不思議と、心臓は凪いだ海のように穏やかだった。

繋いだままの手だけが熱くて、それがどちらの熱のせいなのかはわからない。

──好きだよ。俺は、ミオのことが好きだ。

朝、電車に乗るといつだって、ミオの姿を探していた。

いつ、声をかけよう。いつか君に気持ちを伝えたいって、もうずっと前から思っていた。

「恋愛指南書のレッスンを実践しようって言ったのも、本当は俺がミオのことが好きだったからで……。無理やりなお願いをして、本当にごめん。だけど、そうしてでも、ミオに俺のことを意識してほしかったんだ」

あの日、ミオが落とした本を拾わなければ、きっと今の俺達はいなかった。

もしかしたら俺は今でも、ミオをただ遠くから眺めるだけで、声をかけることすらできていなかったかもしれない。

そう思うと、今この瞬間が奇跡のようにも感じられた。

大好きな子と手を繋いで歩いている。

好きな子に、「好きだ」と気持ちを伝えられた。

もう今はそれだけでも十分で、これ以上の何かを求めることは欲ばりのようにも思える。

何よりここで、ミオからの答えを聞くことが怖くて……。

だってミオは俺のことを、ただの友達だと思っていたんだから。

「あ、あのっ。ユウリくん、私は……」

「──大丈夫」

「え……？」

「今すぐ返事はいらないし、いつまででも待つから……大丈夫」

我ながら、情けない。だけど今、泣きそうな表情《かお》で戸惑うミオを前にしたら、答えを聞くのは無理だった。

友達だと思っていた俺に、突然好きだと言われたら驚くに決まってる。

現に俺は今言ったとおり、今すぐ答えが欲しくて告白をしたわけではなかった。

ただ、自分の気持ちをミオに伝えたかっただけだ。

伝えずにいられなかっただけ。

だからミオが自分の気持ちに整理をつけられるまで、答えを急かすつもりもないし、
無理に返事もしてほしくない。

「今日はもう、帰ろうか」

そう言って微笑んで、繋いだ手に力を込めると、ミオは俯きながら頷いた。

ゆるやかに流れる雲が、茜色に染まっていく。

駅までの道を歩きながら、俺達はどちらも口を開かずに、足元で繋がった影だけを
眺めていた。

レッスン09．過去の心の傷には負けないこと

【ミオside】

「だって、なんて返事したらいいかわからなかったんだもん……」

今日はユウリくんが通う高校の学園祭だ。

昨日、学校帰りに急遽《きゅうきょ》買ったワンピースを着た私は、鏡の前で半べそをかいていた。

電話の相手はたっちゃんだ。

たっちゃんは昨日風邪で学校をお休みして、今日もベッドの上から離れられないらしく、いつも以上に毒舌が止まらない。

『ケホ……ッ、あのねぇ。返事なんてイエスかノーだけでしょ、バカだね。全く美織はほんとにグズなんだから、ありえない……』

バカとグズ、ありえないのトリプルコンボ。

でも今はなにを言われても、反発する気持ちにはなれなかった。

『俺は、ミオのことが好きだよ。だから、俺と付き合ってほしい。友達としてじゃな

くて、俺と、恋人になってほしい』

一昨日からずっと、ユウリくんに告白されたことが頭から離れないんだ。

何をしていても、あのときのユウリくんの表情と言葉が思い浮かんで、落ち着いてはいられなかった。

……だって、ユウリくんが私のことを好きだなんて、信じられるはずがないよ。

ユウリくんは誰が見てもカッコよくて完璧な、とても優しい男の子なのに、どうしてそんな人が私を好きになってくれたのか、わからない。

『美織もユウリくんのこと、好きなんでしょ？』

「……っ」

『好きだからこそ、今、悩んでるんだよね？』

電話の向こうのたっちゃんが、突然落ち着いた声を出す。

不意打ちで尋ねられた私は、思わずピクリと肩を揺らして固まった。

「……うん、好き、なんだと思う」

返事は蚊の泣くような声になった。

——好き。……たぶん、きっと。

私はユウリくんのことが……好きなんだと思う。

いつだって真っすぐに私を見てくれる、ユウリくんのこと。

私のことを、誰と比べることもせず、受け入れてくれるユウリくんのことが……私は多分、好きなんだ。

「でも……自信が、ないの」

『自信？』

「だって私は、お姉ちゃんみたいに可愛くないし……。だから私よりも、ユウリくんにはもっと別に、相応しい子がいるんじゃないかって考えちゃうの」

昔からずっと、美少女なお姉ちゃんと比べられてきた。

天使みたいに可愛いお姉ちゃんと、どこから見ても平凡な妹の私。

たぶん、ユウリくんの隣を歩くのにふさわしいのは、お姉ちゃんみたいに可愛い子なんだと思う。

現に水族館のときだって、女の子たちはユウリくんを見てカッコイイと話していた。

「ユウリくんにはお姉ちゃんみたいに、もっと可愛い女の子のほうがお似合いなんじゃないかな？」

思ったことを口にすると、電話口のたっちゃんが呆れたようなため息をこぼした。

『ハァ……くだらない』

「え……？」

『ふさわしいかどうかなんて、そんなの誰が決めるわけ？　お似合いかどうかなんて、そんなのどうでもいいじゃん。大切なのはふたりの気持ちでしょ？』

強い口調でそう言ったたっちゃんは、もう一度小さく息を吐いてから、言葉を続けた。

『ユウリくんは、美織のことが好きだって言ってんの。美織がいいって言ってるんだよ。それなのに、ほかに相応しい女の子がいるんじゃないかなんて、そんなことを思うのはユウリくんにも失礼だし、ありえない』

弱気な私を一刀両断したたっちゃんは、咳払いをしてから再び静かに口を開いた。

『美織だって、ユウリくんのことが好きなんでしょ。アンタは、自分の好きな人を信じられないの？』

——ユウリくんのことを、信じる。

ふと、机に目をやると、そこには恋愛指南書が置いてあった。

開かれたページには、次のレッスン項目が書かれている。

【過去の心の傷には負けないこと】

続いて、【プリントをなくしてしまって先生に怒られる⁉ 過去の心の傷に、負けないで☆】なんて言葉が綴られていて、私は思わず唇をキュッと噛みしめた。

『いつまでも臆病《おくびょう》なままでいたら、大切なものが手のひらからすり抜けていっちゃうよ』

ユウリくんに告白されたときに、彼の気持ちに上手に答えることができなかった。

そんな私を見てユウリくんは返事は急がなくていいと言ってくれたけど、本当は、返事を早く聞きたいと思っていたはずだ。

『今日会って、ユウリくんをしっかり見て答えを出せばいいじゃん。大切なことは、きちんと相手の目を見て伝えないと後悔することになるよ』

たっちゃんの力強い言葉に、私は電話越しに頷いた。

机の上にはユウリくんからもらった淡いブルーのシーグラスが飾ってある。

そして開いた恋愛指南書の隣には、一昨日ユウリくんがプレゼントしてくれたイヤリングが置いてあった。

そのイヤリングを手に取って、鏡の前で自分の耳につけてみる。

半透明の淡いブルーのガラス石がついたイヤリングは、陽に当たるとキラキラと輝いていて、不思議と勇気がわいてくるように感じた。

「たっちゃん、ありがとう……。私、がんばってみる」

真っすぐに顔を上げて呟くと、声を拾ってくれたたっちゃんが、『がんばれ』と答えてくれた。

「たっちゃんも、ゆっくり休んでね？」

『ハッ……。親友がこれから告白の返事をしに行くっていうのに、ゆっくり休んでなんかいられないよ。うまくいくことを、ベッドの上で祈ってるから』

ふぅ、と息を吐いたたっちゃんは、電話の向こうで小さく笑っているようだ。

心強い親友の言葉に、思わず私まで笑みが溢れる。

空は生憎の曇り空だったけど、私は鞄を手に持ち玄関を出ると、駅までの道をひとり、急いだ。

♡　♡　♡

「わ……なんか、やっぱり違うなぁ」

目的地である男子校前に着くと、すでにたくさんの人で賑わっていた。

大きなアーチの飾られた校門には、学校名と学園祭という文字が、とても大きく描かれている。

周りをぐるりと見渡せば、多いのはユウリくんと同じ制服を着ている男の子と、私と同じように私服を着ている女の子たちだ。

大人の人は生徒の家族とか、学校関係の人たちだろうか。

「……学校前に着いたよ、と」

携帯電話を取り出して、ユウリくんにメッセージを送った。

本当は駅まで迎えに行くと言われていたのだけれど、学園祭で忙しいときに、わざわざ駅まで迎えにきてもらうのは申し訳ない気がして、結局ここまでひとりで来た。

「あー！　可愛い子、はっけーん！」

「……っ⁉」

だけど、ぼーっと見慣れない校舎を眺めていたら、突然正面から声をかけられた。

可愛い子……？

大きな声に一瞬肩を揺らしたあとで、自分の周りを確認したけれど、ひとりで待っている女の子は私しか見当たらない。

「なにキョロキョロしてんのー？　ねぇ、今なに待ち？」

「え、え……私？」

思いもよらない事態に目を白黒させると、目の前まで来た男の子が私の肩に腕を乗せた。

「待ってる時間なんてもったいないしさー。せっかくなら、俺と中に入らない？　女の子ひとりで回るのは物騒だし、俺がちゃんと案内してあげるからさー」

「あ、いえ、私は今、人を待ってて……」

「えー、それならあとで俺がそいつのとこまで連れてってあげるから！　ねっ、それまで俺と一緒に学祭楽しも！」

「え……わわ……っ」

強引に肩を引き寄せられて、思わず身体が強張った。

明るい茶色の髪に、耳には三つのピアスがついている男の子だ。

背は、ユウリくんよりも低いけれど、男の子だから当然力は女子より強い。

「で、でも！　今、学校前に着いたって連絡したあとだから、離れると心配させちゃうかもしれないのでっ」

　この人についていって校舎の中に入ったら、ユウリくんとすれ違いになってしまうかもしれない。

　そしたらユウリくんにムダな手間をかけさせることになるし、何よりこの人に言われるがままついていくのはなんだか怖かった。

「わ、私なんかより可愛い子はたくさんいると思うので、ほかの子を当たってください！」

　そう言って、なんとか男の子の腕を振りほどこうとした。

　すると、男の子はスーッと顔から笑みを消して、突然鬱陶しそうにため息をついた。

「あーもう！　めんどくせぇなぁ。先輩に誰でもいいから女連れて来いって言われてるんだよ。だから、お前はおとなしく俺についてくればいいのに、さっきからゴチャゴチャ余計なことばっかり――」

「――おい……っ‼　何やってんだよ‼」

　そのとき、私の肩を掴む男の子の腕を、ほかの誰かの手が掴んだ。

弾かれたように振り向けば息を切らせたユウリくんが立っていて、思わず胸の鼓動がドクリと跳ねる。

「……っ、この子、俺のだから。勝手に触らないでくれる？」

頬が熱くなったのは、たぶん、私が今どうしようもなくユウリくんを意識しているからに違いない。

「ユウリ、くん……」

「ミオ、ごめん。お待たせ」

走ってきてくれたのか、息を切らせているユウリくんは、額にほんのりと汗をかいていた。

そして私に応えて微笑んでくれたあと、男の子のことを再びキツくにらみつけると、掴んでいた腕を私から引きはがすようにして宙へと放った。

「汚い手で、触るなよ」

ユウリくんはそう言い、今度は私を背に隠すようにして男の子の前に立ってくれた。

「な、なんだよ！　ちょっと冗談で声かけただけじゃんか」

「冗談？　ふざけんな。この子は俺の大切な子で、お前みたいな奴が勝手に触ってい

い子じゃないんだよ」

　こんなふうに怒っているユウリくんを見るのは初めてだ。

　強い口調で糾弾《きゅうだん》したユウリくんは、真っすぐに男の子をにらみつけていた。

　そんなユウリくんの後ろで、広い背中に守られている私はどうしようもなくドキドキしてしまって……。

「チッ、はいはい、俺が悪かったよ。さっさといなくなればいいんだろ？　お邪魔しましたー」

　去り際に舌を打ち、両手を上げた男の子は私達に背を向け校舎の中に戻っていった。

　その姿を見送ったあと、後ろの私を振り返ったユウリくんは、とても難しそうに眉根を寄せて息をつく。

「……ごめん、来るのが遅くなって。何か変なこととかされなかった？」

　心配そうに私の顔をのぞき込むユウリくんを前に、また胸の鼓動が大袈裟に高鳴りだす。

「だ、大丈夫！　声をかけられてすぐ、ユウリくんが来てくれたから……」

「……ハァ。それなら良かった。っていうか、だから駅に着いたら連絡してって言ったのに。ミオは可愛いから、ひとりでいたら絶対ほかの奴らに目をつけられるだろうって心配だったんだ」

安心したように息を吐いたユウリくんを前に、胸の鼓動はただ速くなるばかりだった。

……可愛いって。ユウリくんの目に、私はどんなふうに映っているんだろう。

もしかして、なにか特別なフィルターがかかってる？

私なんてどこにでもいる平凡な顔立ちで、ユウリくんが褒めてくれるみたいな容姿じゃないのに……。

「でも、今日は来てくれてありがとう」

「え……？」

「ほら……一昨日、俺が突然告白なんてしちゃったから、もしかしたらミオは今日、来てくれないかもって思ってたから」

言いながら苦笑いしたユウリくんは、困ったように頬をかいた。

その姿を見ていたら、胸が針で刺されたようにチクリと痛んで、思わず言葉に詰まってしまった。

「ご、ごめんね、私……。あのとき、ちゃんと返事ができなかったから……」

俯くと、ユウリくんは「違うんだ」と首を振る。

「俺が、返事は今すぐいらないって言ったんだし。だからミオは、何も気にする必要ないから」

「でも……」

「今、言っただろ。今日、来てくれただけで嬉しい。そのイヤリングも……つけてくれて、ありがとう。やっぱりミオに、よく似合ってる」

そう言って、ふわりと鳥が羽を広げたように微笑んだユウリくんは、私の前に左手を差し出した。

〝ありがとう〟なんて、全部私のセリフなのに。

どうしてユウリくんはいつだって、私のことばかりを気遣ってくれるんだろう。

「これから、中を案内するよ。今日一日ミオに楽しんでもらえるように、がんばるから」

がんばる、なんて。そんなふうにしてもらわなくても、私はユウリくんといるといつだって楽しかった。

ああ、そっか。これが、恋をするってことなのかな。

好きな人のことを思うとドキドキして、ただ一緒にいるだけで楽しくてたまらない。

「……ユウリくん、ありがとう」

差し出された手に自分の手を重ねると、幸せが胸いっぱいに溢れていく。

――好き。

やっぱり私は、ユウリくんのことが好きなんだ。

いつだって優しくて、私のことを大切に想ってくれる。

私とお姉ちゃんを比べることはせず、ただ、私だけを真っすぐに見てくれるユウリくんが好きなんだ。

ユウリくんは私にとって特別で、私はユウリくんの隣にいると、いつだって笑顔になれた。

今もまだ、そんな彼に私がふさわしいのかどうか自信なんて持てないけれど、たっちゃんの言うとおりだ。

ユウリくんが私を好きだと言ってくれるなら、私はその彼の気持ちを真っすぐに信じたい。

「ユウリくん。私――」

私も、ユウリくんのことが好き。

けれど、意を決して自分の気持ちをユウリくんに伝えようとしたとき、不意に、校門の向こうに立つ〝ある男の子〟の姿が目に入って言葉を飲み込んだ。

「あ、そうだ。ナル！　お待たせ！　今、ちょうどミオと話してたところで……」

彼が、ナル……くん？

ユウリくんが声をかけると、その男の子……ナルくんはフェンスに預けていた身体を持ち上げ、気だるそうにこちらを向いた。

「え……」

その瞬間、お互いの視線が交差する。

大きくドクリと跳ねた鼓動は……嫌な予感を的中させた。

「その子が……ミオ、ちゃん？」

「うん、白坂美織さん。それで、ミオ。コイツが前から話してた、俺の親友のナルこと、佐鳴十夜だよ。今、ミオを紹介しようと思って、ついてきてもらったんだ」

――一瞬、何が起きたのかわからなかった。

夢でも見ているんじゃないかとさえ思ったけれど、間違いなくこれは現実だった。

「ほんとは、もっと前にミオにナルを紹介できたら良かったんだけど――」

「――トウヤ、くん？」

「え……？」

「ナルくんって……。トウヤくんのことだったの……？」

私の問いに、〝ナルくん〟こと、〝サナルトウヤくん〟は眉根を寄せて押し黙った。

色素の薄い、茶色がかった栗色の髪。スラリと高い背とビー玉みたいに綺麗な瞳も、あの頃と少しも変わっていなくて胸が痛い。

「え……もしかして、ふたり、知り合いだったの？」

驚いたように目を見開いたユウリくんの言葉も、今はどこか遠い世界で聞こえているような気がした。

――トウヤくん。彼と会うのは、中学生のとき以来だった。

中学二年生のときに初めて同じクラスになって、同じ教室の中で、同じときを過ごした同級生。

そして最後に彼の顔を見たのは、中学校の卒業式だ。

出席番号順で座っていた私達の席は前後だったけれど、お互いに目を合わすことは一度もなかった。

……当然といえば、当然だろう。

だってそのときの私達の間には、とても大きく深い、溝ができてしまっていたのだから。

「やっぱり……まさかとは思ったけど、ミオって、シラサカのことだったのか」

呟いて、まつ毛を伏せたトウヤくんはあの頃と同じように苦しそうに表情をゆがめた。

ねぇ、やっぱりってどういうこと？

そう思うのに、言葉は声になってくれなくて、息をすることさえ苦しくてたまらない。

『お前に、相談なんてした俺もバカだった』

『恋も知らないお前に、俺の気持ちなんてわかるわけがない』

耳の奥でこだまする、悲痛な叫び。

それが聞こえた瞬間、私はユウリくんと繋いでいた手を勢い良く離すと、ぎゅっと拳を握って自分の耳を覆った。

「ミオ……？」

「……っ」

『お前なんか、愛美さんのオマケのくせに』

鋭く射るような目はバカな私を蔑《さげす》んでいて、めまいまで起こしそうになる。

まさか。まさか、トウヤくんがユウリくんの親友のナルくんだったなんて――。

そんな偶然、まさか予想もしていなかった。

神様はどうして、こんなにイジワルなことをするんだろう。

「ミオ、どうかしたの――」

「さ……っ、触らないで……っ！」

伸ばされたユウリくんの手を、私は咄嗟に払いのけた。

やってしまった――と思ったときにはもう遅くて、ユウリくんはひどく傷ついた表情をして私を見た。

「ミオ……？」

最悪だ。ユウリくんは何も悪くないのに、私は今、ユウリくんを傷つけた。

「ご、ごめんなさい……っ。私……っ」

だけどもう、何を信じたらいいのかわからなくて。

私は今、どうしたらいいのかわからなくて――。

「……っ」

気がついたら、強く地を蹴って、走りだしていた。

「……っ、ミオ！」

「は……っ、ハァ……ッ」

とにかく、早く。一秒でも早くここから逃げだしたくて、私は無我夢中で来た道を走り続けた。

去り際に私を呼んだ、ユウリくんの声が耳の奥でこだまする。

と、同時に過去の記憶の中の声が鮮明に呼び起こされて、胸の動悸《どうき》がひどくなった。

『友達なんて……そんなの俺は、一度も望んだことはない』

『俺は……俺は本気で、愛美さんに恋してた』

『そういう俺の気持ちなんて、シラサカは何もわかっていないくせに』

『俺は好きな人と友達なんかに、絶対ならない！』

「っ、ハァ……、は……っぁ」

まるでその声から逃げるみたいに走って、走って。ようやくたどり着いたのは、駅の近くにある公園だった。

そこは以前、ユウリくんときたことのある公園だ。

ユウリくんと初めて放課後に出かけた、木登りをしていた男の子を助けた思い出の場所だった。

「ふ……っ、う……っ」

無我夢中で走ってきたせいか、足がフラフラする。

思わず公園の片隅でペタリとしゃがみ込んだ私は、自分の口元を両手で覆った。

……トウヤくんと私は、中学生の頃、友達だった。

ううん、正確に言えば私だけが一方的に、友達だと思っていた。

私が勝手に……勘違いして、トウヤくんを友達だと思っていたんだ。

「っ、なんで……っ」

ぽたりと、頬を伝って落ちた涙の雫《しずく》が、土の上に黒いシミをいくつも作る。

思い出すのは、中学二年生でトウヤくんと初めて同じクラスになったときのことだ。

席が前後で班が一緒で、偶然委員会も一緒になった私達は……気がついたら、お互いのことをよく話す間柄になっていた。

『シラサカってさ。あの、白坂愛美さんの妹なの?』

中学生の頃からどこか大人びた容姿をしていたトウヤくんは、内面も落ち着いている男の子だった。

そんなトウヤくんにある日お姉ちゃんのことを尋ねられ、私は一瞬戸惑いながらも、彼の問いに頷いた。

『うん、白坂愛美は私のお姉ちゃんだよ』

ひとつ年上のお姉ちゃんのことは、学校にいる誰もが知っていたし、その妹が私なのだということも、ほとんどの人が認知していた。

『そっか。そうなんだ』

『うん、そうなの。姉妹なのに、私とお姉ちゃん、全然似てなくて驚くでしょ?』

『そう?　別に驚かないけど』

『え……』

『だって愛美さんは愛美さん、シラサカはシラサカじゃん。似てるとか似てないとか、実際そんなのどうでもよくない？』

あのとき、さも当然のように言ったトウヤくんだったけど、私は彼の言葉になんとも言えない衝撃を受けたことを今でもはっきりと覚えている。

お姉ちゃんはお姉ちゃん。私は、私——。

そんな、当たり前のことを当たり前のように言ってくれる人に、私は初めて会ったのだ。

『愛美さんだって、そういうことを気にするタイプじゃなさそうだし？』

だけど、今になって考えてみたら、あのときにはすでに、トウヤくんはお姉ちゃんのことが好きだったんだと思う。

そのやり取り以来トウヤくんとは委員会も同じだったこともあり、姉妹揃って帰るときには一緒になって、三人で帰ることが増えていった。

『トウヤくんって、カッコイイし面白い子だね？　トウヤくんが彼氏だったら、彼女もきっと幸せなんだろうなぁ』

そんな日が続いた、ある日の放課後。

お姉ちゃんは、そう言ってトウヤくんを前に天使のような笑みを浮かべた。

あのときの、顔を赤く染めたトウヤくんの表情は、今でもハッキリと思い出すことができる。

私は……その光景を遠巻きに見ながら、友達だと思っていたトウヤくんとお姉ちゃんが、どこか別の世界の、キラキラした存在のように思えてまぶしかった。

『……なぁ、愛美さんってさ、好きな人とかいるのかな？』

それから一週間も経っていない頃だろう。

トウヤくんとふたりきりになったときに、不意にトウヤくんが私に尋ねた。

ほんのりと頬を赤く染め、視線を斜め下へと落としたトウヤくんの気持ちはバレバレで、なんだか少し、私までくすぐったい気持ちになった。

『トウヤくん、お姉ちゃんのこと好きなの？』

『バ……ッ、そういうことハッキリ言うなよ！』

昔から、天使のように可愛いと評判のお姉ちゃん。

そんなお姉ちゃんに告白する男の子はたくさんいたし、別にトウヤくんだけが特別というわけではなかった。

『それで……どうなんだよ。愛美さんは今、好きな奴とかいるのか？』

だけどトウヤくんは私の友達だから、特別だった。

私は彼の恋が実ればいいと心の底から思っていたし、誰よりも彼の恋を応援したいと考えていた。

『好きな人がいるかどうかはわからないけど、彼氏はいないよ』

「……そっか。そうなんだ」

『でも、お姉ちゃん、家でもときどきトウヤくんの話をするし、もしかしたらトウヤくんのことを特別に思ってるのかもしれないよ』

——このとき言葉にしたことは全部、本心で、事実ばかりだった。

実際お姉ちゃんが家でトウヤくんのことを話すことはあったし、私は話を聞きながら、お姉ちゃんはトウヤくんに対して好印象を抱いているものとばかり考えていたんだ。

『マジで？』

『うん、マジで。だから、がんばって。私、トウヤくんのこと応援してるし、トウヤくんがお姉ちゃんの彼氏になってくれたら嬉しいよ』

トウヤくんは初めて私をお姉ちゃんと比べずに見てくれた人だったから、そんな彼の恋が実ればいいと、心の底から願っていた。

大好きなお姉ちゃんとトウヤくんが付き合ってくれたら嬉しい。

なによりこれからも、大好きなふたりがキラキラした恋をしている姿を一番近くで見られるのかと思ったら、それはとても幸せなことのように思えて仕方がなかった。

『ありがとう。俺、がんばってみる』

だけどその数日後、私はお姉ちゃんから思いもよらない報告を受けることになる。


『──トウヤくんから告白されたよ。でも、断っちゃった』

夕飯を食べ終えて、リビングでふたりで談笑しながらテレビを見ていたら、何気なくお姉ちゃんがそんなことを言いだした。

『え……え？　なんで⁉』

突然のことに驚いた私は、もうテレビどころではなくなって、お姉ちゃんの前に身を乗り出した。

『だってトウヤくんは年下だし、可愛い後輩っていうか……最初から、友達としか見られなかったから。私、ほかに告白してくれた男の子と付き合ってみようと思ってるの』

うろたえる私とは裏腹に、お姉ちゃんはいつもどおりのふわりとした笑みを浮かべながらそう言った。

そんなお姉ちゃんを前に、私の頭の中は真っ白で、バクバクと心臓が痛いくらいに高鳴っていたことを今でもハッキリと覚えている。

『で、でも、お姉ちゃん、トウヤくんのことカッコイイし面白い子だって言ってたじゃない！』

『うん。でも、だからって、好きになるとは限らないでしょ？　申し訳ないんだけど、これからも友達としてよろしくねって私が言ってたって、美織からもトウヤくんに伝えておいてくれるかな？』

お姉ちゃんに、悪気なんてなかった。

これまでだっていろんな人に告白されてきたお姉ちゃんからすれば、あくまでトウヤくんもその中のひとりに過ぎなかったというだけだ。

だけど——トウヤくんは、そうじゃない。たったひとりの想い人であるお姉ちゃんに告白してフラレたのだから、どれだけ心を痛めただろう。

けれど、まだ本当の恋も知らないこのときの私には、その痛みがどれほどのものなのか想像がつかなかった。

それでもこのときはとにかく早く、トウヤくんと会って話をしなければいけないと思ったんだ。


『トウヤくん……っ！』

翌日の放課後、私は帰ろうとするトウヤくんを捕まえて声をかけた。

『……何？』

『き、昨日、お姉ちゃんから聞いたの……っ。お姉ちゃん、トウヤくんのことは友達だと思ってるから、これからも友達としてよろしくって言ってたよ……！』

とにかくトウヤくんを励ますことだけを考えていた。

だからこのときの私にも、いっさい悪気なんてなかったと言い切れる。

『……それで？』

『そ、それでって……』

だけど私の言葉に温度のない声を出したトウヤくんは、視線を斜め下へと落としてしまった。

『え、と。あ……！　トウヤくんはお姉ちゃんからみると可愛い後輩かもしれないけど、カッコいいし、またいつでも素敵な恋ができると思う！　だ、だからきっと大丈夫だよ！　今度こそ、トウヤくんのことを一番に思ってくれる子が現れるはずだから！』

トウヤくんを真っすぐに見つめて、精いっぱいの励ましの言葉を送った。

実際、これでお姉ちゃんと話すことも会うこともなくなるより、友達としてお姉ちゃんのそばにいられるほうが、トウヤくんにとっては幸せなんじゃないかとすら思っていたんだ。

そしてトウヤくんみたいにカッコ良くて素敵な人なら、きっとまたすぐに素敵な恋ができるだろうと、簡単に考えていた。

『だから、だから……ね』

『……ハッ、友達？』

でも次の瞬間、そんな私の考えは全部、浅はかで、思慮不足なただの余計なお世話だったと嫌と言うほど思い知らされることになる。

『それ全部、愛美さんが言ってたのか？　ふざけんなよ……』

『トウヤ、くん……？』

『俺がどれほど真剣に想っていたのかわかっていたくせに、友達なんて……そんなの俺は、一度も望んだことはなかったよ』

今まで聞いたことのないような冷たい声を出したトウヤくんは、ゆっくりと顔を上げた。

初めて聞くその声は私の身体を強張らせるのには十分で、返す言葉を失ってしまう。

『俺はこれまでもずっと愛美さんのことを、友達だなんて思ったことは一度もなかった。俺は……俺は本気で愛美さんに恋してた。愛美さんのことが、好きだった』

苦しそうにそう言ったトウヤくんの声は震えていて、目には涙の膜が張っていた。

『そういう俺の気持ちなんて、シラサカは何もわかっていないくせに。なにが、また素敵な恋ができるだよ。なにが……これからも友達としてよろしくだよ、ふざけんな！　俺は好きな人と友達なんかに、絶対ならない！　なりたいと思わない！』

悲痛なトウヤくんの叫びは、バカな私の心の奥に突き刺さった。

ああ――私は、なんてことをトウヤくんにしてしまったんだろう。励ますどころか、すでに傷ついていたトウヤくんに、さらに重ねて深い傷を負わせてしまった。

告白した相手から「友達でいよう」と言われることがどれほど傷つくことなのか。

私は、ここまで言われてようやくそれに気がついたのだ。

そして気づいたときにはもうなにもかもが手遅れで、取り返しのつかないところまできてしまっていた。

『ト、トウヤくん、ごめんなさい、私──』

『お前になにがわかるっていうんだ。……お前なんて、愛美さんのオマケのくせに』

『え……』

『バカだよな、ほんと。俺は愛美さんに近づくために、妹のお前に近づいただけなのに。最初から俺は、お前のことも友達だなんて思ったことは一度もなかった』

『──っ』

鋭いナイフで、胸をえぐられたみたいだった。

同時に、絶望が心を覆った。

……ああ、そっか。トウヤくんも、同じだったんだ。

ほかの人たちと同じように、私を通してお姉ちゃんを見ていたんだと思い知らされた。

ううん……違う。トウヤくんは最初から、お姉ちゃんしか見ていなかったのかもしれない。

私ではなく、私がお姉ちゃんの妹だから近づいてきただけだった。

私、気づいてなかった。全然、気づくことができなかった。

だっていつでもトウヤくんは優しくて、女の子の友達と何も変わらないくらい、毎日を一緒に楽しく過ごしていた相手だったから。

そんな相手がまさか、自分のことを利用していただけだなんて思いもしない。

まさか、友達だと思っていたのが自分だけだったなんて……。まるで悪い夢でも見ているみたいな気持ちになって、頭の中はぼんやりとした雲がかかったように真っ白で、茫然《ぼうぜん》と立ちつくすことしかできなかった。

『お前に、相談なんてした俺もバカだった。恋も知らないお前に、俺の気持ちなんてわかるわけがない』

――恋も知らない、私に。

『もう二度と、俺は女の言う言葉なんて信じない。女なんて……自分勝手な奴ばっかりだってことが、よくわかったよ』
吐き捨てるように言ったトウヤくんは、誰より自分自身が一番傷ついた表情をしていた。
もし、私が彼に、安易に応援の言葉なんてかけなければ、トウヤくんがこんなに傷つくこともなかったのかもしれない。
そう思ったら、去っていく彼を呼び止めることもできなくて、ただ遠くなるトウヤくんの背中を──私は、見つめていることしかできなかったんだ。

「あ……っ」

どれだけ、その場で泣いていただろう。

ふと、鞄の中に入れてある携帯電話が震えていることに気がついた私は、落としていた視線を上げた。

気がつくと、空は今の私の心と同じ、黒い雲に覆われていた。

画面をタップしてメッセージを開くとお姉ちゃんからのメッセージが届いていて、
思わずビクリと心臓が飛び跳ねた。

【学園祭、楽しんでる？】

届いたのは、そんな何気ない質問だった。

けれど、とても返事をする気にはなれなくて、私は携帯電話をギュッと握りしめた。

……お姉ちゃんは、トウヤくんをフッたあとお付き合いした人とも、呆気なく別れてしまった。

そんなことになるのならトウヤくんと付き合ってあげたら良かったんだと、あのとき私は初めて、お姉ちゃんに対して憤《いきどお》りを覚えたけれど、トウヤくんのことに関してお姉ちゃんを責めるのはただの責任転嫁のような気がして、考えることをやめてしまった。

代わりに、私は〝恋〟について考えるようになった。

傷ついて、傷つけられて。

トウヤくんが告白する前のふたりは、あんなにキラキラと輝いて見えたのに、いったいなにが本当の意味での〝恋〟なんだろうと思い悩むようになったんだ。

「……っ」

そのとき、頬に冷たいものが落ちてきた気がして、私はふと我に返った。

……ああ、そうか。そうなんだ。

だから私はずっと、〝恋〟について知りたかったんだと、今さらながらに気がついた。

『恋も知らないお前に、俺の気持ちなんてわかるわけがない』

トウヤくんにそう言われたあの日から、私はずっと答えを探していたんだ。

恋に恋していたわけじゃない。

私はずっと――〝恋〟がなんなのか、知りたかった。

「……ユウリ、くん」

ふと、手の中の携帯電話を見ると、ユウリくんからの着信を知らせていた。

その名前を見たら、一度引いた涙がまた勝手に溢れだす。

私――私は、どうすればいい？　私は、どうすることが正解なんだろう。

考えているうちに、着信は切れてしまった。

静かになった携帯電話を握りしめ、キュッと唇を噛みしめると吐き出した息が震えているのに気がついた。

『俺は、ミオのことが好きだよ』

ユウリくんの言葉を信じたい。

だけど、ユウリくんは私が自分の親友を傷つけた本人だと知ったら、どう思う？

「……う、ぅ、っ」

考えれば考えるほど臆病になって、答えを知るのが怖くなった。

あのときのトウヤくんみたいに、ユウリくんは私を拒絶するんじゃないかな。

トウヤくんのことだって、もう二度と、傷つけたりしたくないから——。

「え……あ、あれっ⁉　うそ……っ」

そのとき、私はあることに気がついて自分の指で左耳に触れた。

——ない。

今朝つけてきたはずのイヤリングが、なくなっているのだ。

右耳には、ちゃんとイヤリングがついている。

それなのに左耳だけないということは、きっと、どこかに落としてきたに違いない。

『シーグラスと一緒に、一生大事にするね』

そう言って、ユウリくんから受け取ったばかりのイヤリングだ。

碧い海を閉じ込めたように綺麗な……私の、宝物だった。

「ど、どうしよう……っ」

慌てて地面に手をついて探してみたけれど、見つからない。

そのうちに空からは雨の雫が落ちてきて、私の身体を冷たく濡らした。

次第に雨粒が大きくなり、本降りになっていく。

みるみるうちに足元はぬかるんで、前髪はぺったりとおでこに張りついた。

「ふ、う……っ」

こんなことになるくらいなら、ユウリくんを信じようと思った気持ちも、私がユウリくんを好きだという気持ちも、全部全部、最初からなかったことにできたらいい。

そうすれば今、こんなにつらい思いをせずにすんだのに――。

「さ、探さ、探さなきゃ……っ」

それでももう一度立ち上がって、降りしきる雨の中、私は必死にイヤリングを探した。

濡れた髪が頬に張りつき、靴の中が濡れそぼって気持ち悪い。

それでも私はただひたすらに……たったひとりで大切なものを探し続けた。

レッスン10．さぁ、一歩前に踏み出そう

【ユウリside】

「……ハァ」

賑やかな教室に、今日何度目かもわからないため息がこぼれた。

ミオが学園祭に来た日から、早一週間が経とうとしている。

けれどあの日を境に、ミオとの連絡は途絶えてしまっていた。

何度か電話をかけたあと、【会って話したい】というメッセージも入れたものの、既読すらつかない状態だ。

挙げ句の果てには朝も帰りも電車の時間をズラされているのか、顔を見ることすら叶わなかった。

木曜日の昨日には、思い切って学校帰りに駅前でミオを待ち伏せた。

けれどミオは一向に現れず、気がついたら部活終わりの生徒たちが帰る時間も過ぎていた。

「ハァ〜〜……」

金曜日の今日こそ、放課後に思い切って学校まで行くべきだろうか。

それとも家まで行くべきか……。

だけど、そこまでしたらやり過ぎな気もして、どうすることが正解なのかわからなくなっていた。

……もしも俺が、ミオの彼氏とかだったら堂々と会いに行けたのかもしれない。

こんなとき、ナルなら客観的かつ冷静なアドバイスをくれるのかもしれないけれど、そのナルともあの日以来、一度も口をきいていなかった。

……まさか、こんなことになるなんて。

思い出すのはあの日——ミオが俺達の前から立ち去ったあとの出来事だ。


『ミオ……っ、待って……!!』

走り去るミオを慌てて追いかけようとした俺を、ナルの力強い手が掴んで止めた。

『ユウリ……っ。俺、お前に話しておかなきゃいけないことがある……！』

『でも今は、ミオを追いかけないと——』

『わかってる！　わかってるんだけどっ。あの子を追いかける前に、まずは俺の話を聞いてほしい……っ』

あの日、初めて見るナルの必死な表情を前にしたら放っておけなくて、後ろ髪を引かれながらも、俺はナルの話を聞くことにした。

『俺とミオちゃん……シラサカは、同じ中学出身なんだ』

『え……ナルと、ミオが？』

『ああ。会うのは、卒業式以来だけど……』

ナルが言うには当時、ナルはミオのことを〝シラサカ〟と名字で呼んでいて、ミオもナルを〝トウヤくん〟と呼んでいたから、俺を介して話を聞いていただけでは気づけなかったということだ。

それにしても、まさかナルとミオが同じ中学出身だったなんて……想像もしていなかった俺は、ただただ動揺して相槌《あいづち》を打つので精いっぱいだった。

『ユウリには前に少し話したけど……俺、その頃好きだった人に手ひどくフラレて。今の女嫌いも、そのとき〝友達でいよう〟って言われたことが原因だって言ったよな？』

『うん、聞いたけど……』
ナルの、〝男女間の友情は成立しない〟という考え方も、その出来事が原因なんだ。
好きだった人に、『最初から友達以上には見れなかった』と言われてフラレたあと、
『これからも友達でいようね』と笑顔で告げられたのだという。
ナルからすれば彼女と〝友達〟になんてなれるはずもなく、自分がひどく惨めで滑《こっ》
稽《けい》に見えて、仕方がなかったということだ。
『その、俺がフラレた相手っていうのが、ミオちゃんの……シラサカの、お姉さんな
んだ』
『え……』
驚いた。驚いたというより、衝撃的だったと言ったほうが正しいだろう。
ミオのお姉さんが……中学の頃、ナルをフッた相手？
ナルが告白したときに、『友達としか思えない』と言って、『これからも良い友達で
いてね』と笑った女の子がミオのお姉さんだったなんて、まさかそんな偶然が起きる
なんて信じられない。
『この間、ユウリからミオちゃんが昔、心ない言葉で傷つけられたことがあるって聞

いて、まさか、とは思ったんだ……』

そう言うと、ナルは眉根を寄せて、苦々しそうに顔をゆがめる。

『お姉さんの話と、過去に友達だと思っていた男に傷つけられたって話を聞いて……まさか、とは思ってた』

弱々しく話すナルには、いつものどこか飄々《ひょうひょう》とした余裕たっぷりな様子はなかった。

ああ……だからナルはあのとき、どこか思い詰めたような表情をしていたんだ。

俺は違和感を覚えながらも自分のことで精いっぱいで、突きつめて話を聞くことができなかった。

『中学生の頃……自分のことしか見えてなかった俺は、フラレて、行き場のなかった苛立ちを自分を心配して来てくれた、〝ある女の子〟にぶつけたんだ』

『それって、つまりどういう……』

『好きだった相手の妹の、シラサカに八つ当たりした。あのとき俺は……とにかく投げやりになってて……。無関係のシラサカに、ひどいことを言って傷つけたんだ』

――ドクン、と胸の鼓動が大きく跳ねた。

その直後、俺は初めて怒りで身体が震えるという経験をすることになる。

『シラサカに、お前なんて姉貴のオマケのくせにって言った。お前に近づいたのも、シラサカのお姉さんに近づくためだったって……。お前のことも友達だと思ったことはないって、なにも悪くないあの子に強く言い放ったんだ』

『……っ、』

気がついたときには、手遅れだった。

俺は友達であるナルを殴って、胸ぐらを掴んで引き寄せていた。

『なんだよそれ……っ！　ミオは、お前がお姉さんにフラレたこととは無関係だろっ！』

『……っ、そうだよ！　そんなことはわかってるっ。だけど俺はあのとき、もう本当に、なにもかもがどうでも良くなってて、何を言われても苛立ちしかわいてこなくて、だから……っ』

『ふざけんなよ……‼　だからって、ミオを傷つけていい理由にはならないだろ‼情けない言い訳するなよ……‼』

叫んだせいで、息が切れた。

胸の鼓動の音だけがバクバクとうるさくて、ナルを掴む手も震えていた。

だけど頭の中はグチャグチャで、もう、どうすればいいのかわからなかったんだ。

だって、まさかナルがミオを傷つけた張本人だったなんて思いもしない。

過去のナルが言った言葉で、ミオはどれだけ傷ついただろう。

子どもの頃から、お姉さんと比べられながら過ごしてきたミオが……。

友達だと思っていたナルにひどいことを言われて、どれだけつらかったかと思ったら、やり切れない気持ちになって、たまらなかった。

『今でもミオは、お前に言われた言葉のせいで傷ついてるっ』

何より俺は、自分にとって一番近しい友達であるナルがそんなことを言ったなんて、信じたくなかった。

『自分とお姉さんを比べて、つらい思いをし続けてるんだよ！』

――いつだって余裕たっぷりで、堂々としているナル。

俺の知っているナルは曲がったことが嫌いで、決して安易に人を傷つけるような男じゃなかった。

『それなのに……っ、なんで、よりにもよってお前が……っ』

振りほどくように手を離すと、ナルの身体はフラフラとよろめいた。

──こんなこと、許されるはずがない。許せるはずもなかった。

まさか自分の親友が、自分の好きな子を苦しめている相手だったなんて想像もしていなくて──。

『……ごめん、ユウリ』

『……っ』

『悪かったな、幻滅させて。でも、俺はこういう人間だから』

『は……?』

『お前みたいに、真っすぐな奴と一緒にいられるような人間じゃなかったんだ。だから……俺はもう、お前にも近づかないから。安心してあの子のことを追いかけろよ。ごめんな』

そう言って、口元にわずかな笑みを浮かべたナルはまつ毛を伏せたまま、校舎の中に消えていった。

残された俺は、そんなナルを前にどうするべきなのかわからず、その場を動くことができなかった。

『くそ……っ』

たった今、ナルを殴ったせいで痛む拳を強く握りしめる。

直後、罪悪感に襲われて、胸の奥がヒリヒリと痛みはじめた。

俺は今、感情のままにナルを責めてしまったけれど、それは正解だったのか？

もっとナルの言葉に、耳を傾けるべきだったんじゃないのか？

『お姉ちゃんが磨かれた宝石だとしたら、私はこの不格好なシーグラスのままなんだと思う』

だけど、脳裏に浮かんだのはミオの、どこか遠くを見る悲しげな瞳で……。

ナルがミオを傷つけたことはたしかなんだ。

そう思うと、やっぱりナルを簡単には許す気持ちになれなくて、噛みしめた唇がわずかに震えた。

『雨だ……』

そのとき、突然、空から雨の雫が落ちてきた。

すぐに考えたのは、走り去ったミオが今、どこにいるのかということだ。

慌ててミオに電話をかけたけれど、ミオが出てくれることはなかった。

ミオ……。もしかしたらすでに、電車に乗って家路についているかもしれない。

そう思った俺はいてもたってもいられなくなって、ミオの家に向かうべく、雨の中を駆け出そうとした。

『──笹原！　何やってんだ！』

けれど、駅に向かって走りだそうとした俺を、生徒指導の先生が呼び止めた。

『学園祭だって授業の一環なんだから、勝手に抜け出そうとするんじゃない！』

鬼の形相で言う先生は、すでに何人か捕まえたあとだったのか、仁王立ちでこちらをにらんでいた。

結局、従うしかなかった俺は、校舎の中に戻るしかなくて……。

校舎の中から窓の外を眺めながら、俺は鳴らない携帯電話をギュッと強く握りしめた。

「ハァ……」

──だけど、今になって思えばあのとき、先生を振り払ってでもミオを追いかけるべきだったんだ。

電車に乗ってミオの家まで行って、きちんと話をするべきだった。

『触らないで……っ』

あの日、俺の手を振り払ったのはミオなのに、誰よりもミオ自身が追い詰められた表情をしていたことが頭から離れない。

同時に、時間が経てば経つほど、ミオとの距離が開いていくような気がして、不安と焦りばかりが積もっていった。

……やっぱり、思い切ってミオの家まで行くべきかな。

チラ、と上げた視線の先ではナルがぽつりと座って本を読んでいて、胸の奥がチクリと痛む。

ナルとのことだって、本当はこのままにはしておけない。

いくらナルがミオを傷つけた相手だからって……ナルとももう一度、きちんと話をするべきだとわかってる。

だってナルは……俺の大切な親友だから。

そのためにもまずは、ミオと話をしないとはじまらない。

そう思う反面、俺が会うことでミオをまた傷つけることになるんじゃないかという、漠然とした不安もあった。

ミオにとってナルの存在は、トラウマのようなものだろう。

そんなナルの親友である俺に対しても、ミオは不信感を抱いたに違いない。

……本当に、どうするべきなんだろう。

ミオとナル、俺はどちらも大切だった。

俺がミオを選べば、もう二度とナルとは友達には戻れないかもしれない。

逆を言えば、俺がナルとの友情を取ると、ミオとはもう二度と繋がりを持てないかもしれないと言うことで……。

「あー……っ、クソ……っ！」

思わず髪の毛をくしゃりと掴んだ。

ミオを傷つけたナルのことは、決して許してはいけないと思うけれど……。

それでも俺にとってナルはかけがえのない大切な友達だから、どちらか片方を取るという選択を決断することは難しかった。

見上げた空には相変わらず灰色の雲がかかっている。

それはまるで、今の自分の心模様を写しているみたいに思えて、心は重く苦しくなった。

♡　♡　♡

「……ハァ」

今日は一日中、ため息ばかりついていた。

結局、答えを見つけることのできなかった俺はひとり、放課後の教室をあとにした。

教室を出る間際、癖でぐるりと中を見渡したけれどナルの姿は見当たらなかった。

たぶん、もう帰ったのだろう。

これまでならふたりでたわいもない話をしてから帰ることが常だったのに、そんなことすら今の俺達には許されない。

……もしかしたら、ナルとはこれっきりになってしまうのかな。

つい弱気なことを考えたら、胸には憂鬱の塊が落ちてきた。

長い廊下を歩いて階段を降り、昇降口に向かう。

下駄箱を見るとやっぱりナルの靴はなくなっていて、ひとりで学校を出る姿を想像したらまた胸がひどく痛んだ。

上履きを下駄箱に入れ、靴を落として足を入れて歩きだす。

すると、校門の前で見覚えのある姿を見つけて——俺は思わずその場で、足を止めた。

「たっちゃん……？」

ネイビーに染められた髪は、ハッキリとした顔立ちとよく合っている。

男子校ということにも臆することなく堂々と立つ姿は男前なのに、爪にはど派手なネイルが施されていた。

以前、ミオと三人でカフェに行って以来、会っていなかったけれど、今、そこにいるのは間違いなくミオの親友である、たっちゃんだった。

どうして、たっちゃんがこんなところに——。

「……ようやく来たね」

俺を待っていたのか、そう呟いたたっちゃんは、俺を見つけるなり真っ直ぐに向かって歩いてきて、目の前で足を止めた。

「たっちゃん、どうして——？」

「アンタのこと、待ってたんだよ」

「え……」

「って言っても、ここじゃなんだから、ちょっと、今から顔貸してくれる？　そこの駅近くの公園に、移動しよう」

そうして言われるがまま、俺はたっちゃんとふたりで近くの公園に向かった。

その間、俺達に一切の会話はない。

……どうして、たっちゃんはわざわざ俺を待っていたんだろう。

少なくともミオに関することだということだけは想像がつくけれど、だとしたらいったいどんなことなんだろう。

「……ここまでくれば、いいでしょ。ってことで、まずは一発殴らせて」

「え？」

構える間もなかった。

公園につくなりそう言ったたっちゃんは、振り向くなり拳ではなく平手で、俺の頬を叩いたのだ。

「……ふざけるのも、たいがいにしろよ」

ピリ、とした痛みが頬に走る。

続けて放たれたたっちゃんの強い口調には怒りが滲んでいて、思わず頬を抑えて押し黙った。

「僕、前に言ったよね？　美織を傷つけたら許さないって。そのときアンタは、美織を傷つけたりしないって言った。それなのに……何してんだよ。アンタの美織に対する気持ちは所詮《しょせん》、その程度のものだったわけ？」

ほんの少し息を切らせて、俺をにらむたっちゃんの目は、怒りで濡れていた。

やっぱりたっちゃんは、ミオのことを話しに俺のところまでやってきたんだ。

叩かれた頬はジンジンと痛んで、胸にはヒリヒリとした痛みを残す。

「僕は、アンタなら美織のこと大切にしてくれると思ってた。友達として……アンタになら、美織のことを任せられるって思ってたんだよ」

——友達として。

たっちゃんは断言するけれど、本当にそうなのだろうか。

ミオに救われた、たっちゃん。

少なくともそんなミオ相手に、たっちゃんは恋心のようなものを抱いているんじゃないだろうかという疑問がまたわき上がった。

「たっちゃんこそ……本当に、それでいいのか？」

たぶん、そう思うのは今、俺自身がナルとのことで揺れているからなんだろう。

「たっちゃんは……本当は、俺と同じようにミオのことが好きなんじゃないのか⁉

本当はミオのこと、誰にも渡したくないって思ってるんじゃないのかよ⁉」

声を張り上げた俺を前に、たっちゃんが驚いたように目を見開いた。

そうして直後、にらみつけるように俺を見る。

灰色の瞳はやけに神秘的に見えて、ケンカを売ったのはこっちのほうなのに気圧《けお》された。

「はぁ？　くだらないこと、言ってんじゃねぇよ」

吐き出された言葉は、毒々しくて、思わずゴクリと喉が鳴る。

これまでの飄々としたたっちゃんはどこにもいなくて、直後伸びてきた手に、胸ぐらを掴まれた。

「前にも言ったとおり、僕は美織のことを友達として大切に思ってる！　だから僕はいつだって美織の味方だし、美織のことを信じてるんだよ。美織が間違ったことをすれば怒るし、美織を泣かせる奴は誰であろうと許さない！」

「だから、それは――！」

「男だから、女だからとか、そういうチープな〝常識〟って名前のモノサシ持ち出さないでよ！」

「……っ」

「美織は男だから女だからとか関係なく、僕の大切な友達なんだよ！　友達を大切に思う気持ちは、男も女も関係ないだろ‼」

──迷いのない声は、空高い雲さえ貫《つらぬ》きそうな強さを持っていた。

結局……バカなのは、俺だった。

俺は、ナルのこともミオのこともうまくいかない気持ちを今……たっちゃんに、ぶつけたんだ。

たっちゃんの怒りはもっともで、いつまでもグズグズ悩んでいる俺が一番、どうしようもない。

ああ……そう考えると、ナルも過去、ミオを傷つけたときにはこんな気持ちだったんじゃないか？

やり切れない、どこにも行き場のない気持ちを、吐き出してぶつけてしまった。

そして今、ナルは……それを、誰よりも後悔してるはずだ。

だって俺が知っている親友《ナル》は、そういう優しい奴だから。

「僕と美織は、唯一無二の親友なの」

断言するたっちゃんを前に、もう何も返す言葉は浮かばなかった。

ナルは……男女間の友情なんて絶対に成立しないと言ったけど、たぶん、たっちゃんとミオの間には間違いなく成立しているんだ。

性別なんて関係ない。

誰がなんと言おうと、本人たちの気持ちさえあれば、友情は成立する。

それは年齢だって関係ないし、人種だって関係ない。

結局、すべては本人たち次第なんだろう。

友情は、〝相手を思いやる気持ち〟さえあれば、どんな関係であろうと成り立つ、かけがえのないものなんだ。

「アンタが追いかけなかったせいでね、美織、ひどい目に遭ったんだよ」

「え……？」

「アンタからもらったイヤリングを片方落として、長時間、雨の中を探してたみたいなの。そのせいでひどい風邪を引いて、四日間も学校を休んで……今日やっと登校してきた。それなのにアンタと言えば、のんきに家に帰ろうとして……。ほんと、僕が美織だったら、アンタみたいなヘタレ、願い下げだよ」

そう言うとたっちゃんは、鞄の中から〝あるもの〟を取り出して俺の前に差し出した。

「はい、これ。今日の〝レッスン〟」

渡されたのは、あの恋愛指南書だ。

ミオの愛読書でもある、俺達を繋いでくれた、一冊の本。

「なんだかんだ、今のアンタたちにピッタリなんじゃない？」

開かれたページには、レッスン内容が書いてあった。

【さぁ、一歩前に踏み出そう】

続いて【いざ勝負！　運命をかけた水泳大会後に、告白⁉　勇気を出して、一歩前に踏み出そう☆】なんて言葉が書かれていて、胸の鼓動がドクリと大きく高鳴った。

「今日、美織は病み上がりなのに委員会の仕事を押しつけられて、まだ学校に残ってるよ」

「え……」

「そういうとこ、バカ真面目だからね。でもまぁ、そのおかげで今から学校行けば、まだ美織に会えるかもね？」

そのたっちゃんの言葉を聞いて、グッと拳を握りしめた俺は、真っすぐに顔を上げた。

「アンタ、美織のこと好きなんでしょ。だったらまさか、このまま終わるなんてことしないよね？」

「――するわけないだろ」

反射的に出た言葉は、次にするべき行動を示していた。

「……このままでなんて終わらせない。ミオのことだけは、絶対に諦めない。だって俺は――ミオのことが、好きだから。俺にはミオ以外、考えられない」

言葉と同時に走りだしていた。

強く地を蹴って、前へ前へと足を運ぶ。

ゴチャゴチャと頭でばかり考えるのはもうやめよう。

会って目を見て、きちんと彼女と話をしよう。

俺が……ミオを好きだってこと。

ミオを傷つけた、俺の友達のナルのこと。

全部全部、思っていることすべてをミオに伝えるんだ。

そう考えたら気持ちが急いて、とにかく今は一秒でも早くミオに会いたくてたまらなくなった。

「……っ、あ」

けれど、ミオのいる学校へ向かう途中で、俺はあるものを見つけて足を止めた。

これ――。

アスファルトの片隅で、キラリと光る淡いブルー。

海を閉じ込めたみたいなそれは間違いなく俺がミオにプレゼントした、イヤリングだった。

『アンタからもらったイヤリングを片方落として、長時間、雨の中を探してたみたいなの。そのせいでひどい風邪を引いて、四日間も学校を休んで……』

慌ててそれを拾った俺は、ギュッと手のひらで握りしめた。

――雨の中、ひとりでこれを必死に探すミオを想像したら、胸が苦しくてたまらなかった。

早く、ミオのところに行こう。

今は一秒でも早く、ミオに会いたい。

ふと顔を上げた先の空には、うっすらと白い月が浮かんでいる。

もう数時間もすれば夜が訪れて、星が瞬《またた》きはじめるのだろう。

そんな今日という日が終わる前に、俺は彼女に会いたくて……。

拾ったイヤリングを握りしめたまま、俺はただガムシャラに、ミオがいるであろう学校に向かって走り続けた。

レッスン11．気持ちを真っすぐ相手に伝えよう

【ミオside】

「ハァ……」


静まり返った図書室の空気に、もう何度目かもわからないため息が消えた。

ため息の理由を言い出したら切りがないくらい、今、私は憂鬱な気分から抜け出せない。


……学園祭の日、ナルくんこと、トウヤくんに再会してから早一週間。

その途中でユウリくんからもらったばかりのイヤリングを落として……雨の中を必死に探してから、もう一週間が経とうとしているなんて信じられない。

あの日、一時間ほど公園の中や走ってきた道を探してみたけれど、結局イヤリングを見つけることはできなかった。

挙げ句の果てには長時間雨に濡れたせいでひどい風邪を引いて寝込むことになり、四日も学校を休んでしまった。

　そして今は、休んでいる間にできなかった図書委員の仕事を引き受け、ようやく終わらせたところだ。

　なんかもう、残念すぎて涙も出ない。

　たっちゃんにも「バカ」だと怒られたし、自分でもどうしてこんなに要領が悪いのか呆れずにはいられなかった。

「……どうしよう」

　図書委員の仕事を終えて、図書室を出た私は携帯電話を開いてひとりごちた。

　画面の中にはこの一週間、未読になったままのメッセージが溜まっている。

　送り主はユウリくんで、最後に届いたメッセージは昨日の夕方の時刻になっていた。

　……メッセージには、なにが書いてあるんだろう。

　今すぐ確認したい気持ちでいる反面、読むのが怖いというのも本心で、結局メッセージは開けないままだ。

　本当なら、きちんと返信をするべきだってこともわかってる。

　だけどあの日、手を振り払ったときのユウリくんの悲しそうな表情が、頭の中から消えなくて……。

「帰ろう……」

結局そのまま携帯電話をポケットへと戻した私は、長い廊下を歩いて階段を降り、昇降口を出ると校門に向かった。

足元を走る風が冷たく感じるのは、私が病み上がりのせいかもしれない。

帰ったら、今日も大事をとって早めに寝よう……。

「え……」

けれど、そんなことを考えながら顔を上げた私は、校門の前で〝ある人〟の姿を見つけて足を止めた。

視線の先には綺麗な栗色の髪と、見覚えのある整った顔立ちをした背の高い男の子が立っている。

私は必然的に身体を硬直させてから喉を鳴らすと、蚊の泣くような声をこぼした。

「トウヤ、くん……」

――トウヤくんだ。

ユウリくんの親友で、中学生の頃、お姉ちゃんに片想いしてたトウヤくんが……校門の前に立っている。

「シラサカ……」

ぽつりと、風に乗った声が耳に届いた。

まるで、周りの景色がモノクロになって時間が止まったような気さえした私は、その場から一歩も動くことができなくなった。

どうして——。どうして、トウヤくんがここにいるの？

トウヤくんもこちらに気がつき、校門に預けていた背を離して私を見つめる。

そうしてゆっくりと距離を確かめるように私の前まで歩いてくると、二メートルほど離れた場所で足を止めた。

「トウヤくん、どうして……」

どうして、こんなところにいるの？

「シラサカを待ってた」

「私を……？」

「……うん。どうしても、話したいことがあって」

ドクドクと脈を打つ鼓動が、やけにうるさく耳に響く。

話したいことってなに？　なんのこと？

トウヤくんとこうして対峙するのは、あの日以来だ。

私がトウヤくんを傷つけた、中学生のとき以来で……。

これから何を言われるのかと思ったら怖くて、緊張と不安でいっぱいになって唇が震えた。

「あ、あの……。トウヤくん、私――」

「……っ、ごめん！」

「え……？」

「あのときは、本当に悪かった……！　今さら謝っても遅いかもしれないけど……本当に本当に、ごめん!!」

けれど身構えた私とは裏腹に、突然頭を下げたトウヤくんは私に向かって何度も謝罪の言葉を口にした。

え、え……？　どういうこと？

予想外のことに混乱した私はまたなんと返事をしたらいいのかわからなくなって、ただ呆然とトウヤくんの後頭部を見つめてしまった。

「あの日、俺は……シラサカの優しさに甘えて、取り返しのつかないひどい八つ当たりをした」

「八つ当たり……？」

「……うん。愛美さんにフラレて、気持ちの行き場がなくなってて……。シラサカが、俺を励ますために声をかけてくれたってわかってたのに、そんなシラサカの気持ちを無下にして、ひどいことを言った」

——ズキリ、と胸が痛んだのは、トウヤくんの言う〝ひどいこと〟の内容を思い出してしまったからだ。

冷たい声と、射るような視線。

あの日以降、こちらを見ることもなかった彼との間に出来た大きな溝。

「シラサカが、自分のお姉さんである愛美さんと比べられることでつらい思いをしてたって、友達の俺は少なからず気づいていたのに……。そんなシラサカの傷をえぐるような言葉を、俺はあの日、シラサカに浴びせた」

ドクン、と鼓動が跳ねたのは、たった今トウヤくんが口にした言葉が引っかかったからだ。

友達の俺、って……？

だってトウヤくんは、私のことを友達だと思っていなかったんじゃないの？

「トウヤくん、友達って……」

「……うん。そのことについても、本当にごめん。俺、あのときシラサカのこと〝友達だなんて思ったことはない〟って言ったけど……それも全部、投げやりになって言ったことだった」

「で、でも――」

「今さらだってわかってるけど、俺、ああなるまではシラサカのこと友達だと思ってたよ。それに、愛美さんに近づくために妹のシラサカに近づいたっていうのも嘘だった」

「嘘……？」

「うん。俺はシラサカと友達になりたくて友達になったんだ。愛美さんを好きになったのだって、シラサカと友達になったあとだったし……。愛美さんがどうとか、そんなのまるで関係なかった。俺は、誰に対しても分けへだてなく接するシラサカを見て、この子と友達になりたいって思ったんだ」

そう言って、顔を上げたトウヤくんの目は真っすぐに私を見つめていた。

あの日、私を突きはなした彼の冷たい目とはまるで違う。

私がずっと見てきた、優しい彼の綺麗な瞳だ。

初めて私とお姉ちゃんを比べずにいてくれた……温かい、眼差《まなざ》しだった。

「本当に、全部今さら、都合のいい言い訳にしか聞こえないってことも、わかってる。俺がシラサカを傷つけたことは変わらないし、今さら許してもらえるとも思ってないけど、でも今言ったことが真実だから」

今、言ったことが真実。

私を傷つけるために言った言葉はすべて、トウヤくんの本心ではなく、自暴自棄になっていたために出た八つ当たりだったと……そういうことなのだろうか。

「ほんと……自分勝手だよな」

そっとまつ毛を伏せたトウヤくんは、拳をギュッと握りしめる。

「だけど今日は、自分勝手なのも全部承知の上でシラサカに会いに来た。どうしても、ユウリのことだけは話しておきたくて……。それで、今までシラサカのことを待ってたんだ」

「ユウリくんの、こと……？」

突然トウヤくんの口から出たユウリくんの名前に、またビクリと肩が強張った。

「うん。シラサカは学園祭の日、俺とユウリが友達だって知って驚いたと思う。だけどそれは、ユウリも同じで……。ユウリもまさか、過去にシラサカを傷つけたのが自分の友達の俺だなんて思いもしてなかったはずだ」

思い出すのはあの日の、ユウリくんの驚いたような表情だった。

ユウリくんは私とトウヤくんが、まさか顔見知りであるとは思わなかったんだろう。

実際、私もトウヤくんがユウリくんの友達のナルくんだったと知って驚いたし、こんな偶然があるのかと、悪い夢を見ているような気にもなった。

「ユウリは……俺がシラサカと関わりのある奴だって知ってたら、こうなる前にちゃんとシラサカに俺のことを話していたはずだ。だからたぶん、ユウリもすごく戸惑っていたと思う」

ああ、そっか……。トウヤくんはあのあと、私と自分の関係をユウリくんに話したんだ。

私も以前、ユウリくんに中学生の頃の話をしたから、それでユウリくんは、すべてを知ってしまったに違いない。

「ユウリに全部話した。中学生の頃、俺がシラサカを傷つけたことも何があったのかも全部。そしたら俺は……ユウリに、殴られたよ」

「え……？」

「ユウリには、俺が愛美さんにフラレたことはシラサカには関係のない話だろって怒られた。ほんと、ユウリの言うとおりだよな……。ユウリとは友達になってもう長いけど、あんなにキレてるアイツを見るのは初めてだった」

　胸が締めつけられるように痛んだのは、そのときのふたりの光景が不思議と想像できてしまったからだ。

　それでも優しいユウリくんが、親友であるトウヤくんを殴るなんて……。

　私のせいで、いったいどれだけふたりを振り回してしまったのかと思うと、また胸が締めつけられたように苦しくなった。

「ユウリは俺とは違って、すごく誠実で真っすぐなやつなんだ」

　ぽつりと呟くように言ったトウヤくんは、寂しげな笑みを浮かべる。

「シラサカが俺のことを許せないって思うのは当然だし、俺も許してもらえるとは思ってない。だけど、ユウリは違う。ユウリは、俺達のこととは無関係だから……。

ユウリのこと、もう一度しっかり考えてもらえないかな？」

「え……」

「俺とは違って、ユウリは真面目で本当に良い奴なんだ。曲がったことが嫌いで！バカみたいに親切で、とことん人のためを思って行動できる奴だから。ユウリなら絶対に、シラサカのことを幸せにしてくれると思う。アイツは絶対、俺みたいにシラリカのことを傷つけない」

そう言うトウヤくんの瞳には、あのときと同じように、うっすらと涙の膜が張っていた。

そんな彼の目を見ていたら、なんだか私まで目の奥が熱くなって……。

苦しくて、切なくて、たまらない気持ちになる。

「シラサカが俺のことが嫌なら、俺はもうユウリと友達でいるのもやめるから。顔も見たくないなら、もう二度とふたりには関わらないって誓うよ」

「……っ」

「だから、ユウリのことだけはもう一度ちゃんと考えてやってほしい。このまま俺のせいでふたりが離れ離れになるなんて絶対に嫌だし、俺はふたりには絶対幸せになってほしいから――っ！」

と、トウヤくんがそこまで言いかけたとき、強い風が私達の間を駆け抜けた。

驚いて顔を上げると視線の先には息を切らせたユウリくんが立っていて、思わず目を見開いて固まってしまう。

「……ふざけんなよ」

「ユウリ、くん……？」

「勝手なことばっかり言うなよ!!」

いつからそこにいたのか、ユウリくんはそう言うと真っすぐに私達のそばまで歩いてきた。

力強い目は静かに、トウヤくんを見つめている。

私はただ呆然と、その姿を見つめていることしかできなくて……。

「ユウリ……」

「ナル、お前……もう二度と俺達に関わらないってなんだよ！　俺と友達でいるのもやめるって、どういうことだよ!?」

ユウリくんの問いかけに、トウヤくんは眉根を寄せて苦虫を噛みつぶしたような顔をした。

反対にユウリくんは強く拳を握りしめると、今度はひと呼吸置いたあとで静かに口を開く。

「俺達の関係って、そんなに簡単に割り切れるものなのか？　少なくとも俺は無理だよ。だって俺にとってナルは、大切な友達だから」

言い聞かせるように言ったユウリくんの言葉に、ナルくんが俯いていた顔を上げた。その目には動揺と迷いが浮かんでいて、胸がギュッと締めつけられる。

「だけど俺がお前のそばにいたら、シラサカはまた嫌な思いをすることになるだろ！　それくらい俺はシラサカに、取り返しのつかない、ひどいことを言ったんだ！」

「……うん、わかってる。でも俺はそんな過去の行いを、ナルがずっと後悔してたってこともわかってるから」

「……っ、そんなの、わかるわけないだろ」

「わかるよ。だってナルは、そういう奴だろ？」

キッパリと言い切ったユウリくんは、ゆっくりと私に向き直った。

穏やかな瞳は切なさをまとっていて、思わずキュッと唇を噛みしめる。

「……ミオ、あのときはごめん」

「え……？」

「すぐに追いかけられなくて、本当にごめん。そのせいでミオが風邪を引いたって、たっちゃんから聞いた」

「たっちゃんから……？」

「うん。さっき、たっちゃんが俺の高校まで来たんだ。それで、たっちゃんからいろいろ聞いた。雨の中、失くしたイヤリングを長時間探してくれたんだろ？」

改めて言葉にされると、冷たい雨に打たれた日のことを思い出して鼻の奥がツンと痛んだ。

咄嗟に首を左右に振る。

だって私は結局、ユウリくんにもらったばかりのイヤリングを失くして、見つけることはできなかった。

「ごめんなさい、私……。せっかく、ユウリくんがプレゼントしてくれたのに……」

「……大丈夫だよ」

「え……？」

「これ……さっき、ここに来る途中で見つけたんだ。うちの学校の近くにある公園の隅に、転がってた」

差し出された手のひらを見ると、そこには見覚えのあるイヤリングが乗っていた。

それは間違いなく、あの日、ユウリくんがプレゼントしてくれたイヤリングだった。

ほんの少し泥で汚れてしまっているけれど、海のように綺麗なブルーのガラス石もそのままだ。

まさか見つかるとは思っていなくて……。

安堵と嬉しさで、思わず涙がこみあげた。

「あ……ありがとう……っ。それと、落としてごめんなさい……っ」

受け取ったイヤリングをギュッと胸の前で握り締め、溢れだした涙をぬぐう。

あんなに探しても見つからなかったから、もうどこかに行ってしまったか、誰かに拾われたのだと思っていた。

見つかって、本当に本当によかった。

「謝るなら俺のほうだよ。これのためにひどい風邪を引かせることになって、本当にごめん」

そう言うと、ユウリくんは長いまつ毛を伏せてから、再び静かに顔を上げた。

「それと、もうひとつ……ナルのことも、本当にごめん。謝って許されることじゃないかもしれないけど、俺からもミオに謝らせて。それで、図々しいお願いだってわかってるんだけど……ナルのこと、もう一度だけ、よく見てやってくれないかな」

「え……」

困惑の声を出したのは、私だけではなかった。

トウヤくんもユウリくんの言葉に驚いたように目を見開いて、固まっている。

「ユウリ、お前何言って――」

「過去、ナルがミオを傷つけたことは絶対に許されないことだと思う。だから、許してやってほしいとは言えない。でも……ナルはミオにとってのたっちゃんみたいに、俺にとってすごく大切な友達なんだ」

凛と通る声で言ったユウリくんは、私とナルくんを交互に見た。

「だから俺は、ふたりとも諦められない。俺はふたりとも大切なんだ。ナルはきっと、もう二度とミオを傷つけたりしない。それは友達として保証する。それに、もしこの先ミオが傷つくようなことがあれば、今度は俺が守るから。だから、ミオ……もう一度だけ、俺達にチャンスをくれないかな?」

真っすぐに私を見て言ったユウリくんは、強く拳を握りしめていた。

その手がわずかに震えていることに、たぶんトウヤくんも気がついていた。

「ユウリ……」

トウヤくんの声も、濡れている。

そんなふたりを見ていたら、たまらない気持ちになって……。

私は溢れた涙をぬぐうと真っすぐに顔を上げ、ふたりのことを見つめ返した。

「シラサカ、本当にごめん! 俺——」

「私のほうこそ、あのときは本当にごめんなさい」

「え……?」

トウヤくんの言葉を切って謝ると、私は彼に向かって深々と頭を下げた。

突然の私の行動に、ユウリくんもトウヤくんも驚いている。

だけど私は……。私も、もうずっと前から、トウヤくんにあの日のことを謝りたいと思っていた。

「なんでシラサカが謝るんだよ……」

「だってあの日……私も、トウヤくんを傷つけたから」

「俺を、傷つけた……？」

「……うん。まだ恋も知らなかった私は、恋をしていたトウヤくんを安易な言葉で傷つけたの。だから……悪いのは、私も同じ。トウヤくんが私に謝るなら、私だってトウヤくんに謝らなきゃいけない」

今、ずっと言えなかった言葉をようやく言えた。

さっきのトウヤくんの話を聞いて、私はある結論にたどり着いたんだ。

たぶん、あの日の出来事は、お互いの気持ちに余裕がなかったことが一番の原因だった。

私は、私が軽々しくふたりの恋に口を挟んだせいで、トウヤくんが告白してフラレたのだと思って焦っていた。

私が、『お姉ちゃんもトウヤくんのことを特別に思っているかも』なんて言って、期待させたから……。

挙げ句の果てには、お姉ちゃんとは友達に戻ったほうがトウヤくんは幸せなのだと決めつけて、失恋に苦しむ彼をさらに追いつめた。

『恋も知らないお前に、俺の気持ちなんてわかるわけがない』

……今なら、あのときああ言ったトウヤくんの気持ちが痛いほどわかる。

好きな人を思うとドキドキして落ち着かない。

些細なことで不安になって、一緒にいると幸せなはずなのに、どうしてかつい後ろ向きなことを考えてしまうんだ。

それでもまた一緒にいたいと思って、ドキドキして幸せな気持ちになって……の繰り返し。

恋をするって、決して楽しいことばかりではないから、ときどきすごく泣きたくなる。

「私は本当に……なにもわかってなかったの」

なにもわかっていないくせに、わかったようなことを言ってトウヤくんを傷つけた。

だけど今なら……ユウリくんに恋をしている今なら、あのときのトウヤくんの気持ちが痛いほどわかるんだ。

もしも今、私がユウリくんに「友達でいよう」と言われたら、どれほど苦しい気持ちになるだろう。

私はユウリくんのことが好きだから……。

きっと今、彼に友達でいようと言われたらショックで、簡単には立ち直ることはできないだろう。

「ミオ……本当に、それでいいの？」

私の真意を問うように尋ねたのはユウリくんで、私は彼の言葉に応えるように力強く頷いた。

「うん。だから、トウヤくんさえ良ければ……今度は、本当の意味での友達になれたら嬉しい」

あのときは、すれ違ってしまったけれど。

今なら私達は、本当の意味での友達になれるはずだと思うから。

「でも……俺に、そんな資格は……」

だけど私の言葉を聞いたトウヤくんは、複雑な表情をしてうつむいた。

きっと今、トウヤくんは本当に私と友達に戻っていいのか迷っているのだろう。

そう思うのは私が、トウヤくんが本当はとても優しい男の子だと知っているからだ。

「……私、すごく嬉しかったんだよ」

「え……？」

ぽつりと呟くように言うと、弾かれたようにトウヤくんが顔を上げた。

「中学生の頃、トウヤくんに、私は私だって言われたとき、すごく嬉しかったの」

真っすぐにトウヤくんを見て伝えると、トウヤくんの顔が今にも泣きそうなほどくしゃりとゆがんで、私の目からも涙がこぼれる。

「だから、あのときトウヤくんが私にそうしてくれたみたいに、今度は私が、トウヤくんになにかつらいことがあったら助けたい。そばにいたい」

それでいつかまた、あの頃みたいに心の底から笑いあえるような関係になれたらいい。

……ううん、あの頃よりももっとお互いを思いやれる、そういう友情を、私はトウヤくんと築いていきたい。

「ダメ……かな？」

こぼれた涙をぬぐって尋ねると、トウヤくんはフッと小さく笑みをこぼした。

「……ダメじゃない。ありがとう。あのときは本当にごめん。それと……こちらこそ、これからもどうぞよろしく」

差し出された右手に、私は思わず笑顔になった。

その手を取ってそっと握り返せば、彼も同じように笑ってくれる。

「……ありがとう」

温かくて、大きな手。

思い出の中の彼と今の彼の笑顔が重なって、自然と顔がほころんだ。

「今日はわざわざ来てくれて、本当にありがとう。また今度ゆっくり、いろいろ話せたら嬉しい――」

「コラ！　お前たち他校の生徒だろ！　そこでなにやってんだ！」

そのとき、聞き覚えのある声が、辺り一帯に響き渡った。

私達三人は同時に肩を強張らせると、声がしたほうへと目を向ける。

部室棟のほうから駆けてくるのは、予想どおり、生徒指導の先生だった。

ようやく今、トウヤくんとのわだかまりが解消されたところだったのに、なんてタイミングが悪いんだろう。

「許可もなく勝手に校内に入ってくるなんて、お前たちいったいどういうつもりなんだ！」

熊のように大きな身体をしている先生は学校一の強面で、捕まったら一時間はお説教から逃れられないことで有名だった。

「や、ヤバいよ！　捕まったら大変……！　ふたりとも、私のことは気にしないで早く逃げて――」

けれど、私がそう言ってふたりを逃がそうとしたら、握手していた手とは反対の手を強く握られた。

「――え？」

弾かれたように顔を上げるとユウリくんの笑顔があって、胸がキュンと甘い音を奏でる。

「置いていくわけないだろ！　ミオも、一緒に行こう！」

「で、でも――」

「大丈夫。俺ら男子校では、こういうこと日常茶飯事だし？」

「な？」と、トウヤくんのほうを見たユウリくんに対して、トウヤくんも「だよな」と不敵な笑みを浮かべている。

「で、こういうときは二手に分かれて逃げるのが定石《じょうせき》なんだよ」

「そうそう。ってことで、ナル。また来週、学校で」

「え――!?」

まさに、阿吽《あうん》の呼吸だ。

言葉のとおり、ユウリくんは私の手を引いて走りだした。

反対に離された手の先を見るとトウヤくんが微笑んでいて、私達とは別の道へと駆けていく。

「……【自分の気持ちを相手に伝えよう】」

「え?」

「さっき、たっちゃんに見せてもらった恋愛指南書に書いてあったレッスン内容。続きは、なんだったかな。あ……生徒手帳に【好きだよと書いて告白☆】とかなんとかだった気がするけど、その先は忘れた!」

そう言うと、ユウリくんは太陽みたいにまぶしい笑顔を浮かべた。

風を切り、ふたりで駆け抜けていく景色はいつもよりもキラキラと輝いて見える。

ユウリくんが引っ張ってくれているおかげか、不思議といつもよりも身体が軽い。

――自分の気持ちを、相手に伝える。

もう一度その言葉を心の中で呟いて、繋がれた手をギュッと強く握り返した。

いつの間にか雨は上がって、雲間からは透明な光が差している。

背後の学校が見えなくなるまで走り続けた私達は、ようやく足を止めた先で顔を見合わせると、息を吐くように笑いあった。

レッスン12．ふたりで恋を、はじめよう

「やっぱり、気持ちがいいね……」

あのあと、見事に先生から逃げ切った私達は電車に乗って、以前ふたりで訪れた思い出の海までやってきた。

きらめく水面と、ペールオレンジの砂浜。

前に来たときよりも景色が輝いて見えるのは、今の私があのときとは違う気持ちでいるからなのかもしれない。

「ミオと、ゆっくり話したかったんだ」

ふたりで浜辺に降りて海を眺めていると、隣に立つユウリくんがそう言ってこちらを向いた。

真っすぐな目はいつだって、私の心をクラクラさせる。

自然と繋がれた手にドキドキして、ユウリくんを見上げるだけで胸の奥がくすぐっ

たかった。

……トウヤくんも、無事に逃げ帰ることができただろうか。

ユウリくんに聞いたら大丈夫だよと言われたけれど、また今度会えたときには、話の続きをしてみたい。

「私と、話したかったって……」

「俺……ミオに、謝らなきゃいけないことがある」

「謝らなきゃいけないこと……？」

「うん。前にここでミオに聞いた話を、全部ではないにしろナルに話した。勝手に話して、本当にごめん」

前にここで、私から聞いた話……。

それはきっと、私とお姉ちゃんのことだろう。

私がこれまでずっと、お姉ちゃんと比べられることに劣等感を抱いていて……。過去、トウヤくんに言われた言葉にひどく傷ついたという話のことだ。

「大丈夫だよ。その話はさっきトウヤくんからも聞いたし……今はもう、なんとも思っていないから」

ユウリくんを見上げて微笑むと、ユウリくんは穏やかな笑みを浮かべて「そっか」と息を吐くように呟いた。

寄せては返す波の音が、今はとても心地が良い。

手を繋いでいるだけで安心感に包まれて、自然と顔がほころんだ。

「……私ね、これからはあのとき話したみたいに、自分とお姉ちゃんを比べるのはやめようって思うんだ」

そうきっぱりと自分の思いを言い終え、隣を見ると、ユウリくんが目を丸くする。

「え……」

「お姉ちゃんと私はたしかに姉妹だけど、それぞれ別のふたりの人間だから。似ていなくて当然なんだって……これからは、そう思うことができる気がするの」

ずっとずっと、お姉ちゃんと比べられることが嫌だった。

自分のことをお姉ちゃんのオマケのように感じて、後ろ向きなことばかり考えていた。

「私とお姉ちゃんは見た目も似てないし、中身も違う。恋愛観も全然違うんだって気づいたし……。でも別に、それでもいいんだよね。だってお姉ちゃんはお姉ちゃん、私は私なんだから」

そっと瞼を閉じると、子どもの頃、ここでふたりで笑いあった時間を思い出した。

「私はお姉ちゃんみたいな美少女にはなれないけど、私は私らしくいられたらいい。これからもお姉ちゃんは私の自慢のお姉ちゃんで……。私は、私なりに自分を磨いていけたらいいよね」

顔を上げてそう伝えると、ユウリくんはとても嬉しそうに微笑んでくれた。

その、太陽みたいにまぶしいユウリくんの笑顔が大好きだ。

いつだって私を真っすぐに見つめてくれる彼のことが……私はとても好きだと思う。

「ミオは、すごいな」

「ううん。私はまだまだこれからだけど……。でも、今そう思えるようになったのは、ユウリくんのおかげだよ」

「え……」

「ユウリくんが今のままの私が好きだって言ってくれたから、私は今、自分を認めてあげられるの。ユウリくんがいつでも私を私として見てくれるから……私は、私のことをほんの少しでも前向きに考えようって思うことができた」

「ありがとう」と言葉を贈ると、ユウリくんはパッと顔をそらしてしまった。

「ユウリくん？」

思わぬ反応に首を傾げれば、ユウリくんは「ふぅ」と短い息を吐く。

なにか、変なことを言ったかな？

急に自分の決意なんて口にしたから、困らせてしまったのかもしれない。

「そ、それで……っ。俺が話したいことっていうのは、ほかにもあって……」

「……うん」

「一番は、俺がミオに告白したことについてなんだけど」

「え……」

ドキリ、と鼓動が跳ねたのは、そう言うユウリくんがとても真剣な顔をしたからだ。

ユウリくんの気持ちは全部、以前ユウリくん本人の口から聞いたけれど……。

もしかして、やっぱり好きだと言ったのは撤回したいとか、そういう話？

それとも、もっと別の何か良くない話だとか、そういうことは……。

「ミオは……ナルのこと、どう思ってる？」

「へ……？」

「ミオから過去、ナルにひどいことを言われてショックだったって話を聞いて、俺はもしかしたらミオは当時ナルのことが好きで、それでそういう相手にひどいことを言われたから、いまだに忘れられないのかなとかも考えて……」

眉根を寄せて、まつ毛を伏せたユウリくんは、だんだんと語尾をすぼめた。

「……それでもし、今もミオがナルのことを好きなら、先に正直に言ってほしいと思ったんだ。それでも俺はミオのことを諦めるつもりはないけど、でもやっぱり、前もってそれなりの覚悟だけでもしていたいと思って」

キッパリと言い切ったユウリくんは、俯いた顔を上げると真っすぐに私を見つめた。

「ミオが誰を好きでも、振り向いてもらえるようにがんばりたい。だから、ほんの少しでもいいからチャンスをもらえないかな？　でも、もしそれが迷惑だって言うなら、今ハッキリ言ってもらって全然大丈夫だから――」

「ふふ……っ」

「……ミオ？」

ああ、もう。やっぱりユウリくんは、ユウリくんだった。

いつだって私の気持ちを優先して、考えてくれる人。

私にはもったいないくらい、優しい人だ。

そう思ったら自然と笑みが溢れて、頬には温かな涙が伝った。

きっと、こんなに素敵な人にはもう二度と出会えない気がする。

でも、もう誰にも出会えなくても、ユウリくんがそばにいてくれるなら、こんな幸せなことはない。

「ミオ、なんで泣いて──」

「──私が好きなのは、ユウリくんだよ」

「え……」

「私の好きな人は、ユウリくんだけ。トウヤくんじゃない。私の初恋は……今、目の前にいるユウリくんだよ」

真っすぐな彼の目を見つめ返して伝えると、胸の鼓動が速くなった。

はじめての『恋』。

はじめての『好き』。

そのどちらもくれたのはユウリくんで、私にとってはどれもがかけがえのない経験だった。

「あのとき、返事ができなくてごめんなさい。でも、私が好きなのはユウリくんだから……。本当にユウリくんだけだから、ユウリくんに好きって言ってもらえて本当に嬉しい」

上手に告白の返事なんてできなくて、ただ、今ある気持ちを言葉にするだけで精いっぱいだった。

——ユウリくんが好き。大好き。

いつだって私を大切に想ってくれる彼のことが、私はとても好きなんだ。

そしてこれからは、私も彼のことを大事にしたい。

彼が私を想ってくれる以上のものを、彼に返して歩んでいきたい。

「ユウリくん、大好き」

言葉にしたら、幸せな気持ちで満たされて、涙がこぼれた。

こんなふうに泣くなんてことも初めてで、やっぱりユウリくんは私にたくさんの〝はじめて〟をくれる、たったひとりの男の子だと改めて思った。

「あー……もう……」

「ユウリくん？」

「……抱きしめても、いい？」

不意に告げられた言葉に、私はハッとして目を瞬いた。

「もう、ミオが可愛すぎて、俺……イロイロ我慢するので精いっぱいなんだけど」

見上げた先の彼は顔を赤く染め、なぜか今にも泣きそうな表情をしていた。

そんな彼を見たらまた涙が込みあげて、愛しさが溢れだす。

——私も今すぐ、ユウリくんを抱きしめたい。

抱きしめられたい。

言葉にできない気持ちが胸をくすぐって、私は返事をする代わりにそっと彼の胸に額を寄せた。

「……うん、私も好き」

呟くと、背中にギュッと腕が回される。

一度目のときのように、突然のものではない。

二度目のときのように、不意打ちのことでもなかった。

「ミオ……大好き」

いつだって、彼の腕の中は幸せで溢れていた。

耳元で囁くように告げられた言葉も、とろけるように甘くて愛しい。

『あの……これ、落ちましたよ』

彼との出会いは偶然で――きっと、必然的なものだった。

今、彼の腕の中にいる私は世界で一番の幸せ者だと思えるくらい、身に余るほどの愛を感じている。

「……ねぇ、ユウリくん？」

「うん？」

「ホンモノの恋は、恋愛指南書どおりになんていかないんだね」

ぽつりと呟くと、ユウリくんが「え？」と小さく首を傾げた。

「だって、ユウリくんとは一緒にいるだけでドキドキするの。ユウリくんのことを考えるだけで胸がいっぱいになって苦しい。こんな気持ちになるなんて……あの本には、どこにも書いてなかったもん」

ずっと前から、〝恋〟がどんなものなのか知りたかった。

きっと恋は、少女漫画や恋愛小説の主人公たちがするようなキラキラしたものなのだと思っていた。

……だけど、はじめて知った恋はキラキラしているだけでなく、苦しさと切なさがたくさん詰まったものだった。

そしてそんな日々を通して、自分を変えるキッカケと強さを私にくれたのは——今、目の前にいる〝彼〟だった。

「そういえば……あの本に書いてあった、最後のレッスンはどんな内容だったんだろう？」

尋ねると、ユウリくんは「わからない」と小さく笑う。

でも、もうわからなくても大丈夫。

きっともう、私達にはあの恋愛指南書に載っているレッスンは、必要ない。

これからは私達らしく、〝ふたりで恋を、はじめよう〟。

「……ミオ、さっきのイヤリング、ある？」

「え……うん。あるけど……」

ユウリくんに尋ねられ、私は鞄の中にしまったイヤリングの片方を取り出して彼に渡した。

「これ、つけてあげるよ」

そう言うと、ユウリくんは私の髪を優しく撫でる。

くすぐったくて思わずそっと目を閉じると、長い指が私の髪をすくって耳にかけ、慈しむような優しい手つきで耳たぶに触れた。

「……俺も、全部ミオがはじめてだよ」

――え？

そして、その言葉と同時に、私の唇に何かが触れた。

驚いて目を開くと、目の前にはユウリくんの綺麗な顔があって、コツンと額と額がくっついた。

「い、い、今のって――」

「……もう一回、いい？」

「ん……っ」

答える間もなく、もう一度唇と唇が重なる。

はじめてのキスは驚きと、たっぷりの甘さに溢れていて、溺れそうになって――。

「……っ、あ、ふっ」

「ミオ……っ、息止めすぎ……！」

実際に、溺れてしまった。

緊張で酸欠になりそうになった私は、大好きな彼とお互いの顔を見合わせて、「まだまだレッスンが必要だね」と、笑いあう。

「これからも、どうぞよろしく」

繋がれた手は、優しくて温かい。

視線の先にはどこまでも続く青い海が広がっていて、私はまぶしさに目を細めた。

キミ限定。

レッスン0．キミとの恋を拾った日

【ユウリside】

「──ここ、どうぞ」

息苦しい朝の満員電車は、誰もが自分のことで精いっぱいだ。

携帯電話でゲームをしている学生や会社員、音楽を聞きながら目を閉じている人たちや、分厚い本を読みこんでいる人。

みんな、自分の世界を守ることに必死だった。

そんな窮屈な世界から、ひとり抜け出した彼女の声は、あの日不思議と鮮明に俺の耳に届いた。

「足元、気をつけてください」

……ああ、今日は、妊婦さんに席を譲ってる。

譲られた妊婦さんは「ありがとうございます」と口にして、お腹を守るようにしながら〝彼女〟が譲った席へと腰かけた。

彼女が着ている制服は、俺が降りる駅の南口にある高校のもので、結ばれたリボンは今日もキッチリと彼女の胸元を守っていた。

わたあめのようにふわふわとした髪が、彼女が動くたびに静かに揺れる。

白くて細い、華奢な身体。クリクリとした目は可愛くて、いつも真っすぐに前を向いていた。

右手で吊り革を掴み、器用に鞄を抱えた彼女は左手で開いた本に目を落としはじめる。

……なんの本を読んでいるんだろう。

はじめて彼女に気がついたときにも、彼女はそうやって本を読んでいた。

あのときは、おばあさんに席を譲ったあと、今日のように周りを見て遠慮がちに本を開いたんだ。

そして彼女は、駅でおばあさんと一緒に降りると、雨で足元が濡れていて危ないからと言い、おばあさんの大きな荷物を持ってタクシー乗り場まで運んであげていた。

「お嬢ちゃん、ありがとね。助かったわ」

その一連の出来事に気がついた人は、あの世界の中で俺以外にいただろうか。

日常の、ほんの些細なひとコマ。

自分の高校とは反対の下り口にあるタクシー乗り場まで行った彼女は、おばあさんにお辞儀をしたあと駆け足で、自分の学校のある出口へと消えていった。

俺が彼女を知るきっかけは、そんな小さな出来事だったんだ。

だけどそれ以降、自然と彼女を目で追うことが増えて、息苦しい世界で彼女を探すことが日課になった。

♡　♡　♡

「あの……っ！　これ、落としましたよ……っ」

——そんなある日、いつもどおりに駅で降りて改札に向かおうとしたら、突然後ろから呼び止められた。

驚いて振り向くと〝彼女〟がいて……。

驚きすぎて、俺はたぶん、ひどくテンパっていたと思う。

「え……っ、あっ、なんで……っ」

「……？　え、と。これ、あなたのですよね……？」

そう言われて彼女の手を見ると、俺の生徒手帳が握られていた。

慌てて胸ポケットに触れてみると、たしかにない。

足元に置いた鞄を持って席から立つときに、ポケットから滑り落ちたのだろう。

「え、あ……そうです、俺のです……！」

「よかったぁ……。間違えたかと思った……」

心底ホッとしたように息を吐き、満面の笑みを見せた彼女に見惚れてしまう。

まさか、こんなふうにいきなり彼女と話すことになるなんて……。

もしかして、これはチャンス？　いや、今こそ彼女に名前だけでも聞くべきだろ。

「あ、あの……っ。俺──」

「わ……っ。すみません、私、朝から委員会の仕事があって……っ。本当に、受け取ってくれてありがとうございました！」

「え……？」

どうして、拾ってもらった俺のほうが彼女にお礼を言われるんだろう。

思わず首を傾げて考えているうちに、彼女はあっという間に改札の向こうへと消えてしまった。

その、彼女の背中が完全に見えなくなってから我に返った俺は、たった今彼女が届けてくれた生徒手帳に目を落とした。

「ふ、は……っ。ありがとうって、俺のセリフじゃん……っ。くそ可愛い――」

受け取ってくれて、ありがとうって。

こちらこそ、拾ってくれてありがとうと言いそびれた。

それからはもう、あっという間だ。

彼女のことしか考えられなくなって、彼女以外の女の子は目に入らなくなっていた。

どこにでもあるような、ありふれた出来事で、それでも俺にとっては彼女に惹かれるには充分な出来事だった。

♡　♡　♡

「あの……これ、落ちましたよ」

だからあの日、彼女の鞄から落ちた一冊の本を拾って、今度は俺が追いかけた。

人違いだと言われて受け取ってはもらえなかったけれど……。

彼女が落とした本に間違いないと言い切れるほど、あの日の俺は、朝日を浴びる彼女に見惚れていた。

「どうしよう……」

結局学校まで持ち帰り、手に残ってしまった本を眺めた。

そしてふと、何気なく裏返してみたら……帯裏に書いてあった〝ある言葉〟が目に入って、息をのむ。


【素敵な恋は、あなたの世界を色鮮やかに変えるでしょう】


その言葉に後押しされて、俺はその日の放課後、彼女に会いに駅へと向かった。

彼女に会ったら、なんと声をかければいい？

どうやって呼び止めよう。

「あの……っ！　すみません！」

結局、咄嗟に出たのは、そんな、ありきたりな言葉だった。

それでも俺はあの日、あの場所で……勇気を出した自分を心の底から褒めてやりたい。

あのとき重ねた手の温もりは、これからもずっと忘れない。

いつだってまぶしくてひたむきな彼女に、いつかこっちを向いてほしくて、ただ真っすぐに彼女を想い、追いかけた。

「それじゃあ、これからよろしく。——ミオ」

いつか君に、この想いを伝えよう。

きっと、これからもずっと、俺の「好き」は、キミ限定。

見上げた空はどこまでも青く、晴れ渡っていた。

さぁ、ここからまた、はじめよう。

俺とふたりで、最高の恋をはじめましょう。

書籍限定

書き下ろし番外編

レッスンXX・欲しいのは、キミの全部

【ごめんね、今日も用事があって一緒に帰れなくて】

ミオと晴れて付き合うことになってから、一カ月と二週間が過ぎた。

付き合いたてホヤホヤの今は世間一般的に言えば、最高に幸せな時期というやつだろう。当然自分も、毎日浮かれてばかりと言いたいところだ。

だけど、俺の心は生憎《あいにく》の曇り模様になっている。

「……なぁ、ナル」

「なに？」

「最近ミオと会えてないんだけど、どう思う？」

昼休みの教室で、ミオから届いたばかりのメッセージを見て顔をしかめた俺は、今日も大人気漫画を読みふけっている親友のナルに問いかけた。

「会えてないって、先々週に記念日デートしてただろ」

俺の質問に、ナルは面倒くさそうにしながらも、しっかりと顔を上げて答えてくれる。

たしかにナルの言うとおり、先々週の土曜日には付き合って一カ月記念ということでふたりで映画を見に行ったんだ。

映画のあとはカフェでご飯を食べて、帰りはミオを家の前まで送り届けた。

「やたらと目が大きくなったふたりが、ぎこちなくくっついて笑ってるプリクラまで撮ってただろ」

ため息まじりに言ったナルは、また面倒くさそうに漫画へと目を落とした。

実際、ナルのその言葉のとおり、記念日にはふたりで初めてプリクラまで撮ったんだ。

帰り際にふたりでそのプリクラを見て、「目が不自然だよね」なんて笑いあったり、最高に楽しい一日になったと思っていた。

「でも、そのデート以降、ミオとは一度も会えてないんだよ」

呟くように言うと、再びナルの目がこちらを向く。

もちろんミオとは、メッセージのやり取りは毎日している。

でも、ミオ自身とは会えない日々が続いていた。

「なんか、意図的に避けられてるような気がしてさ」

「避けられてる？」

「うん。だって、それまではしょっちゅう会ってたのに、こんなふうに急に会えなくなるなんて変だろ？」

俺の質問に、ナルは難しそうな顔をして考え込む仕草を見せる。

「ユウリの考え過ぎじゃない？」

「俺だって、そう思いたいけど……」

だけど、どうしても避けられていると思わずにはいられないんだ。

実際俺は、一昨日も昨日も【明日一緒に帰らない？】とミオに聞いてみたのだけれど、返事は先ほど届いたものと同じ【用事があるから無理なの。ごめんね】という内容だった。

「記念日デートの前までは、俺のバイトが入ってない日にはほとんど一緒に帰ってたのに……」

それが突然、パタリとなくなった。

たしかに最初は本当に用事があるのだろうと思っていたけれど、それが三日、一週間、二週間と続けば、さすがにおかしいと考えるのが普通だろう。

「俺達は学校も違うんだしさ。俺のバイトがない日くらい、せめてミオと一緒に帰ったりしたいのに……」

頬杖をつきながら、たった今届いたばかりのメッセージを見てため息をついた。

「それなら朝、時間合わせて来たらいいじゃん」

「朝は、ミオがしばらく図書委員の仕事で、早い時間の電車に乗らなきゃいけないらしいんだ。だから、別々に行こうって話になってて」

「ふーん……」

当然、ミオから図書委員の話を聞いたときに、「それなら俺もその早い時間の電車に乗ろうか？」と提案をした。

けれどミオには、「それはユウリくんに悪いからいいよ」と断られてしまって、なんとなくそれ以上、粘ることができなかったんだ。

「あんまりしつこく誘ったりして、嫌われたら嫌だし。面倒くさい奴だとか思われるのも嫌だからさ」

ズルズルと崩れるように机の上に突っぷすと、ナルの呆れたような ため息が再度つむじに落ちてきた。

「別に、ユウリとシラサカはお互い好きで付き合ってるんだから、そんな遠慮する必要とかないんじゃないの？」

ナルの言うことは、もっともだとも思う。

今の俺達は彼氏彼女の関係なんだから、素直に相手に思っていることを伝えていくべきだし、遠慮する必要もないだろう。

「でもやっぱり、好きだからこそ相手に嫌われたくないとか、もっと好きになってほしいとか考えちゃうんだよ」

半ば投げやりになりながら答えると、ナルが珍しく「まぁ、わからないでもないけど」と同意してくれた。

本当に……恋ってやつは厄介だ。

相手を好きになればなるほど不安な気持ちも大きくなって、ほんの些細なことでも相手の気持ちがわからなくなって落ち込んだりと、忙しい。

「まぁでも、シラサカに限って急に心変わりをするとか考えにくいし……。とりあえず今は、様子を見るしかないんじゃない？」

真面目な顔でナルはサラっと言ってみせたけど、当事者の俺はとてもそんなふうに楽観的に考えられなかった。

「こういうのって、なるようにしかならないからな」

「……うん、そうだよな」

ぽつりと呟いてから「聞いてくれてありがとう」とお礼を言った。

「ハァ。ほんと俺、ミオに何かしたのかな」

一昨日も昨日の夜も、何度もミオとのメッセージを読み返しながら考えたけれど思い当たるフシはなかった。

だとしたら、とにかく今はナルの言うとおり、様子を見るしかないのかもしれない。

そんなことを考えながらもう一度メッセージの画面を開いた俺は、【わかった】とだけミオに返事をしてから再び机の上に突っ伏した。

窓から見える木はすっかり葉が落ちていて、ガタガタと窓を揺らす風は冷たかった。

♡　♡　♡

「あ……うわっ、タイミング最悪」

その日の放課後、ひとり電車に乗って家路についた俺は、最寄り駅近くの図書館へと立ち寄った。

目的は次のテストに必要な参考書を探すためだ。

けれどその途中で、思わぬ人物と遭遇《そうぐう》して目を見張った。

「たっちゃん……？」

「ハァ……なんでこういうときに限って会っちゃうかな」

偶然出くわしたのは、ミオの親友であるたっちゃんだった。

だけどたっちゃんは俺を見るなり、憂鬱そうな顔をしてそっぽを向いた。

会うのはミオと付き合ったという報告を、ミオとふたりでして以来だ。

今日もネイビーに染められた髪は無造作にセットされ、本を持つ手の爪には今の時期らしい雪の結晶をモチーフにした可愛らしいネイルが施されていた。

……ああ、そうだ。たっちゃんに聞けば間違いなくミオの近況がわかるだろう。

たぶん、そんな俺の考えは表情《かお》に出ていたんだと思う。

たっちゃんはチラリとこちらを見てから右手をパッと俺の前へと突き出すと、

「ふぅ」と短い息を吐いてかしこまった様子で口を開いた。

「悪いけど、僕からは何も言えないから」

「え……」

「無理だよ。僕は美織の味方だからね」

たっちゃんは、全力で俺からの質問を拒否するつもりだ。

それはつまり、たっちゃんがミオから〝俺に関する何か〟を聞いているということにほかならない。

ミオがどうして俺と会わないのか、たっちゃんはその理由も全部知っているということだ。

「俺……ミオに何かしたかな？」

口をついて出たのは不安に濡れた言葉だった。

真っすぐにたっちゃんを見ると、たっちゃんは深々とため息をついてから、再度こちらに視線を向ける。

「ユウリくんは何もしてないから大丈夫。全部、美織の問題だし、これからユウリくんと付き合っていく上で、美織自身が解決しないといけない問題だから」

「ミオ自身が解決しないといけない問題……?」

余計に意味がわからない。俺と付き合っていく上で、ミオが解決しないといけない問題って、いったいなんのことだろう。

たっちゃんの言っている言葉の真意が掴めなくて、俺は首をひねって考えた。

そもそも俺が何もしてないって言うなら、どうしてミオは俺と会おうとしないんだ? 俺と会ったら、その〝問題〟ってやつが、余計にこじれたりするんだろうか。

だけど、理由はどうであれ、やっぱりミオは意図的に俺のことを避けていたんだ。

「今は、美織も美織なりにいろいろ考えてるんだよ。だからユウリくんは意味がわからないと思うけど、美織のことを見守ってやってくれない?」

「……無理だよ」

「え?」

「理由もわからず避けられて、ただ見守っているだけなんて出来るはずないだろ」

返事は、迷うことなく口をついて出ていた。

たっちゃんは目を丸くしたけれど、すぐに気まずそうに視線を斜め下へと落とすと今度こそ口をつぐみ、黙り込んでしまった。

「俺と付き合っていく上で解決しないといけない問題なら、多少なりとも俺にも関係があるってことだろ？　だったら俺も一緒にミオとその問題解決に取り組むべきだし、ミオと悩みを共有する必要があると思う」

俺は真っすぐに顔を上げたまま、言葉を続けた。

すると意志の強そうなたっちゃんの目がわずかに揺らいで、何かを言いたそうに唇が小さく動いた。

「俺はミオの彼氏なんだから、どんなときでもミオの味方でいたいし、ミオが困っているときは助けたい。ミオのことを守りたいんだ」

胸の内を言葉にすると、この二週間心に刺さっていた棘が抜けたような気がした。

そんな俺を前に、たっちゃんは一瞬考え込む仕草を見せてから、とうとう諦めたような息を吐く。

「……まぁ、そうだよね。僕がユウリくんの立場だったら不安になるし、今はユウリくんが正しいと思う」

ミオの親友であるたっちゃんは、派手な見た目とは裏腹に情が深く常識人でもあるのだ。

「やっぱり……たっちゃんは、ミオがどうして俺と会おうとしないのか理由を知ってるってことだよな？」

改めて尋ねると、たっちゃんは「知ってるに決まってるじゃん」と呟きながら頷いた。

「そっか……」

胸がチクリと痛んだのは、〝ミオは敢えて俺と会わないようにしている〟という悪い予想が肯定されたからだ。

委員会や用事があるというのはすべて何かを隠すためのカモフラージュで、俺と会えない理由は別にあったということだ。

「……美織、アルバイトをはじめたんだよ」

「え？」

「ユウリくんと付き合いはじめた頃から、バイトしようかどうしようか悩んでて……。それで、僕の親戚がやってるカフェでちょうどアルバイトを募集してたから、二週間前からそこでほぼ毎日働いてるの」

たっちゃん曰く学校帰りだけでなく、土日もシフトに入っているらしい。

俺は予想外のことに、目を丸くして固まるしかなかった。

だって、ミオが……バイト？　なんでミオは、バイトなんてはじめたんだろう。

俺と付き合いはじめた頃から考えてたって、何かキッカケとなるようなことでもあったのだろうか。

「この間、一カ月記念のデート行ったでしょ？」

また、俺の考えは顔に出ていたんだろう。改めて尋ねられて頷けば、たっちゃんは「それで……」と続けて事の真相を教えてくれた。

「一カ月記念のデートのときに、ユウリくんにばっかりお金を払ってもらうのが申し訳なかったんだって」

「え……」

「付き合う前の水族館デートのときも、ユウリくんがチケット買ったりしてくれたんでしょ？　そのときにユウリくんは気にしなくていいって言ってくれたけど、この先も甘えっぱなしになるのは嫌だからって、美織は言ってた」

思いもよらない事実に、身勝手ながらも胸の奥がキュンと甘く高鳴った。

だって、それを言ったときのミオの表情も口調も、不思議と容易に想像ができてしまって愛しく思わずにはいられない。

「もうすぐユウリくんの誕生日だけじゃなくてクリスマスもあるし、ちゃんとお祝いしたいからって言ってたよ」

「……っ、」

「僕はそれなら、ちゃんとユウリくんに相談したら？って言ったんだけど、言ったらたぶん、ユウリくんはそんなこと気にする必要ないって言うだろうから言えないって聞かなくて」

遠慮がちに笑うミオの姿が、脳裏に浮かんだ。

同時に自分の考えの浅はかさに気がついて、心底自分に嫌気がさした。

……俺は、ミオがどうして俺と会ってくれないのか、そればかりを考えていた。

ミオがどれだけ俺のことを考えて動いてくれていたかなんて気づくこともできずに、ミオに嫌われたかもしれないなんて、ミオの気持ちを疑うことしかできなかった。

「……ミオのバイト先ってどこ？」

今すぐ、ミオに会いたい。会って直接、話さなきゃいけない。

「駅前のカフェだよ。今日は十八時半上がりだって言ってたから、店の裏口の前で待っていれば会えると思う」

「たっちゃん、ありがとう！」

けれど、たっちゃんにお礼を言ってさっそくミオのバイト先のカフェに向かおうとしたら、たっちゃんに「待って！」と、すんでのところで呼び止められた。

「どうしたの？」

立ち止まって尋ねると、たっちゃんは眉根を寄せて、今度は忌々しそうに表情をゆがめて唇を尖らせる。

「美織に内緒にしててほしいって言われたことを、どうして僕がユウリくんに話したかっていうとね。ひとつ、心配なことがあったからなんだよ」

「……心配なこと？」

「うん。そのカフェ、僕の親戚がやってるお店だってさっき言ったでしょ？　で、オーナーをやってる叔父さんに聞いたら、美織と一緒にバイトしてる大学生が、美織のこと気に入ってちょっかい出そうとしてるみたいでさ」

「え……」

驚きと同時に、バクバクと心臓が不穏な音を立てはじめた。

「もちろん美織に彼氏がいることは、美織本人も叔父さんもソイツに言ったみたいなんだけど。なんか、それでもしつこく美織の初々しい感じが可愛いとか言って、ちょっかい出してくるみたいで。僕としては、そんなチャラけた奴が美織に迷惑かけるのは腹が立つし、たまんないから――」

「ありがとう、たっちゃん……っ！　また今度、改めてお礼させてっ」

そうして俺は、たっちゃんの言葉を最後まで聞く前に踵《きびす》を返すと、足早に図書館をあとにした。

自転車に乗り、たった今たっちゃんから教えてもらったカフェまでの道を最短距離で走らせる。

図書館からミオが働くカフェまでは、十分もかからなかった。今の時刻は十八時。

ミオのバイトが終わるまで、あと三十分という時間だ。

「ふぅ……」

裏口の前についた俺は、焦げ茶色の扉を見て考えた。

中に入ろうか、どうしようか……。

一分ほど迷ってから結局、お店の外でミオが出てくるのを待つことにした。

仕事中に突然俺が現れたらミオを驚かせることになるだろうし、何よりせっかくミオががんばっていることを邪魔したくない。

……本当は、たっちゃんから聞いたその大学生がどんな奴なのか気になるし、腹が立って仕方がないけれど。

でも、ここで待つのはミオのためだ。そんなふうに考えた俺は、今すぐ駆け出したい気持ちをグッと堪えて、ミオが出てくるのをただひたすらに待ち続けた。

♡　♡　♡

「――お疲れ様でした」

それからしばらくして、聞き覚えのある声を耳にした俺はハッとして顔を上げた。

慌てて裏口のほうへと目を向ければ案の定、お店の中から制服姿のミオが出てきた。

ミオは少し歩いてから立ち止まるとスマホを手に取って、丁寧に何かを打ち込んでいる。

「ミオ――」

そして、俺が声をかけようと足を前に踏み出したタイミングで、ポケットに入れていた俺の携帯電話が震えた。

慌てて取り出して見てみるとミオからのメッセージが届いていたから、急いで内容を確認した。

【今、やっと用事が終わってこれから帰るところだよ。今日も一緒に帰れなくてごめんね。最近毎日寒いけど、ユウリくんは風邪とか引いてない？】

「ミオ……」

たった今、ミオが立ち止まって打っていたのは俺へのメッセージだったんだ。

そう思ったら、心臓が直接握られたみたいに痛くなった。

思わず顔を上げてミオを見ると、ミオは寒そうに鼻の先を赤くしながら携帯電話の画面を見つめている。

「……っ、」

すると一瞬、ミオが寂しそうに笑った。

その横顔を見た瞬間、俺は衝動的に地を蹴って、ミオのもとまで駆け出していた。

「ミオっ！」

「え――」

そのまま、立ちすくんでいるミオを後ろからギュッと抱きしめた。

小さなミオの身体はすっぽりと腕の中に収まって、柔らかな髪からはわずかにコーヒーのほろ苦い香りがする。

「ミオ、お疲れ様」

「ユ、ユウリくん⁉　どうしてここにいるの⁉」

突然のことに戸惑うミオを、さらに力強く抱きしめる。

耳に唇を寄せて息を吐くと、ミオの身体がほんの少し強張るのを感じて、胸が苦しくてたまらなかった。

「ミオ、俺――」

「ミオちゃんっ、俺も上がっていいって今店長に言われたから一緒に帰ろ――⁉」

『俺は、ミオのことが好きだよ』と、言葉にして伝えようとした。

けれどタイミング悪く、先ほどミオが出てきた扉が開いて、俺の言葉はすんでのところで止められてしまった。

「え――、あ、あれ？」

ヒョッコリと顔を出したのは、見慣れない男だ。

ハッとして顔を上げれば、驚いた表情をしたその男と目が合って、腕の中のミオも

「あっ」と小さな声を上げた。

「や、山岸《やまぎし》さん……⁉」

男の名前は山岸さんというらしい。明るい茶色の髪は根元が黒くなっていて、耳についたピアスが街灯の明かりを反射してギラリと光る。

「ミ、ミオちゃん――だよね、そりゃそうだよな」

――ミオちゃん、と馴れ馴れしくミオを呼ぶ山岸さんは、動揺しながら俺とミオを交互に見た。

「あ、あの……っ、これは――っ」

「え……えっと。もしかして、ミオちゃんの彼氏？　え、マジで？」

男の勘というやつなのか、俺はすぐにこの男がたっちゃんの言っていた〝大学生〟だと気がついた。

っていうか、今、一緒に帰ろうってミオのことを誘おうとしてたし。

改めて考えたらふつふつと怒りがわいて、それをなんとか押し込めるために一度だ

け深く息を吐きだした。

「そうです。ミオは俺の彼女で……俺はミオの、彼氏です」

左手でミオの身体を抱き寄せて、堂々と前を向いて答えてみせる。

すると山岸さんは焦ったように視線を左右にさまよわせてから、「そ、そうなんだー」とこぼして居心地が悪そうに下を向いた。

「な、なんだ、彼氏がいるってマジだったんだ。そうならそうと、ミオちゃんもハッキリ言ってくれたら良かったのに」

男の言葉に、ミオがすかさず反論する。

「わ、私は最初に彼氏いるってハッキリ言いましたよ……っ」

「そ、そうだっけ？　でも、俺に誘われたらまんざらでもなさそうだったじゃん？」

「な……っ、そ、そんなことありません！　私、毎回ちゃんと断ってました！」

「えー、そうだったかなぁ。まぁでも、まさかミオちゃんにこんなにカッコイイ彼氏がいるとは思わなかったから、ビックリしてさぁ」

のらりくらりと軽口を叩く山岸さんを前に、それ以上黙っていられなかった。

なによりこの人が、ミオのことを〝ミオちゃん〟と呼ぶのが許せなくて……。

挙句の果てにはミオが自分に誘われてまんざらでもなかったような口ぶりをするのも、気に食わない。

たっちゃんからミオが困っていたと聞かされていたから、なおのこと腹が立って仕方がなかった。

「申し訳ないんですけど、ミオにその気はないって話は、人づてにここのオーナーが言っていたって聞いているので。どっちが本当のことを言っているのか一目瞭然だし、その話はもういいです」

「な……っ」

俺がキッパリと言うと、山岸さんはカーっと顔を赤くして固まった。

「それより、今後はミオに彼氏がいるってことを頭に入れて行動してもらえますか。それと、ミオのバイト先の先輩に対してこんなことを言うのは失礼だと思うんですけど、彼女のこと、〝ミオちゃん〟って馴れ馴れしく呼ぶのもやめてください」

まくし立てるように言う俺に対して、さすがの山岸さんも不満気な顔をする。

「な、なんでそんなことまでお前に言われないと――」

「ミオのことをミオって呼んでいいのは俺だけなんですよ。だから、やめてもらえると助かる――っていうか、絶対にやめてください」

「は、はい……」

それでも有無を言わさぬ俺の口調と迫力に気圧されたらしい山岸さんは、肩を竦めて返事をすると気まずそうに俯いた。

だいぶ生意気なことを言ったかなとは思ったけど、最初にミオに責任転嫁をしようとしたのは山岸さんだから仕方がない。

「仕事終わりに、失礼しました。ミオ、行こう」

そして、そこまで言い終えた俺は改めて、ミオの右手を掴んだ。

「や、山岸さん、お疲れ様でした……！」

ミオが山岸さんに軽く会釈をしたのを確認してから、ふたりでその場をあとにする。

自転車の後ろにミオを乗せ、そのまま駅の近くにある公園へと向かった。

――初冬の空にはたくさんの星が瞬いていたけれど、今はそれに見惚れる余裕は少しもない。

「……ちょっと、話す時間ある？」

そうして公園に着いて入口に自転車を停めた俺は、ようやくミオと向きあった。

俺の問いに、ミオは「うん」と気まずそうに頷いてみせる。

「わ、私もユウリくんと話したいと思ってたから……。ユウリくんはどうして、私があそこでバイトしてること知ってたの？」

言葉と同時に吐き出された息が白い。

俺はすっかりと冷えてしまったミオの手をぎゅっと掴むと、言葉を選びながらミオにすべてを打ち明けた。

「たっちゃんに聞いたんだよ。あと……、あの、山岸さんって人の話も、たっちゃんから聞いた」

「え……」

俺の言葉に驚いたように目を見開いたミオは、なんと返事をしたらいいのかわからないといった様子だ。

「ごめん、俺……。ミオのバイト先の人なのに、あんなに生意気なこと言って、これからあの人とシフトが一緒のときとか働きにくくなるよな」

謝ると、ミオは一瞬困ったような顔をする。

こうなることもわかっていたけど、黙っていることなんてできなかった。

「たしかに、次に山岸さんと会うときは少し気まずいけど……。でも、山岸さん、来週いっぱいで辞める予定だから、あと少しの辛抱だし」

「え……」

「それに、ずっとどうすればいいのか悩んでたから、ユウリくんに助けてもらえてホッとしてるよ。だから、ありがとう。私のほうこそ、変なことに巻き込んじゃって本当にごめんね」

胸に手を当て苦笑いをこぼすミオを前にしたら、もう、居ても立っても居られなくなった。

「……っ、ミオのバカ。だったら、なんでもっと早く俺に言わなかったんだよ。俺は、ミオの彼氏だろ？」

「ユウリ、くん……？」

今度は正面から、ミオのことを力強く抱きしめた。

すっぽりと腕の中に収まったミオの身体は冷え切っていて、頬に触れた髪も冷たい。

「来週には辞めるって言っても、その間、俺はずっと心配だよ。そもそも、別に俺は、ミオにバイトしてほしいとか思ってないし。誕生日もクリスマスも、ただミオと一緒にいられるだけで満足なんだよ」

ミオが俺のことを思ってアルバイトをはじめたんだってことは、たっちゃんの話を聞いてよくわかった。

でも……そんなことは別に、俺の望んだことじゃない。

誕生日だってクリスマスだって、俺は別に、ミオから何かもらいたいとか考えたこともなかった。

その上、山岸さんみたいに、ミオにちょっかいかけてくるような人がいるところで働いてなんかほしくない。

「デートのときも、俺がカッコつけたくてお金を出しただけだし、ミオが気にするようなことはひとつもないから」

だけど抱きしめたまま伝えると、腕の中でミオが小さく首を振った。

「……ダメだよ。気にするなって言われても気にしちゃうし、なによりこれは、私自身のためでもあるから」

そう言うとミオは、そっと身体を離して俺を見上げる。

ミオの黒い瞳には夜空の星が映り込んでいて、息をするのも忘れそうになるほど綺麗だった。

「ミオ自身のためって、どういうこと？」

「……うん。私ね、これまではお父さんから毎月お小遣いをもらって、それで足りなくなったらお母さんにお願いしてお小遣いを追加でもらったりとかしてたんだ」

ぽつりぽつりと話しだしたミオは、長いまつ毛をそっと伏せて苦笑いをこぼした。

「これまではずっと、それが当たり前だと思ってた。でもユウリくんと出会って、ユウリくんはちゃんと自分がアルバイトして稼いだお金を使って私とデートしてくれてるんだって知って……。私も、このままじゃダメだと思ったんだ」

ミオは再び顔を上げ、やわらかな笑みを浮かべる。

「私も、ちゃんと自分がアルバイトして稼いだお金で、ユウリくんと遊んだり、着ていく服を買ったりしたい。だって、きっとそのほうが何倍も、ユウリくんとの時間を楽しめる気がするの」

「ミオ……」

「ユウリくんの誕生日に渡すプレゼントも、ちゃんと自分ががんばって稼いだお金でプレゼントを買いたい。クリスマスだって、せっかくなら可愛い服を着てお出かけしたい……。だから、全部全部自分のためなの。私は私のためにアルバイトをはじめただけだから、ユウリくんが気にすることはひとつもなくて——」

「……っ、ミオ。やっぱり俺、ミオのことが大好きだ」

ミオがすべてを言い終えるより先に、再びミオをギュッと強く抱きしめた。

言葉を止められたミオは腕の中で「ユウリくん?」と俺の名前を呼んだけど、今はただ、その声も何もかも愛しくてたまらない。

ミオは今、自分がアルバイトをはじめたのは俺のためではないと言ったけど、俺はそうは思えなかった。

だって全部、俺のためだ。俺と過ごす時間がもっと大切なものになるように……ミオはアルバイトをはじめたって、そうとしか聞こえなかった。

「ごめん、ミオ。俺、全然気づけなくて。最近会えないのも、もしかしたらミオは俺のことを好きじゃなくなったのかもとか、そんなふうに考えてた」

胸に秘めていた不安を打ち明けると、ミオが驚いたように目を見開いた。

「俺、ミオの彼氏なのに、ミオのことちゃんとわかってあげられてなかった。ほんとにごめん」

「ち、違うよ！　それは私がユウリくんにアルバイトしてることを黙ってたからっ」

「……うん。だからこれからは、話せることは隠さずちゃんと話してほしい。ミオがしっかり考えて出した答えなら俺はいつでも応援するし、何より俺は誰よりも……ミオのこと、わかっていたいと思うから」

そう言うと、そっと身体を離してミオの額に額をつけた。

息もぶつかりそうな距離で目が合うと、心臓が甘く優しい音を奏でる。

「……うん、わかった。私も、内緒にしててごめんね。でも、どうしてもユウリくんに内緒で誕生日プレゼントとか用意したかったから……。それにアルバイトもね、来週からは週に三日になるから、またユウリくんともたくさん会いたい」

だんだんと語尾をすぼめたミオは、恥ずかしそうに頬を染めた。

指先から伝わる体温も、高鳴る鼓動の音も、目の前で赤くなるミオも、今ここにあるすべてが愛しくて、たまらない。

「そっか。そしたら来月からは、俺もミオのバイトのシフトに合わせてシフト入れるようにする。あ……あと、もう一度言うけど、プレゼントとか、ほんとに気にしなくていからな」

「ダメだよ……っ。私がユウリくんに何かあげたいんだもん！　あ……そうだ、ユウリくん、今なにかほしいものとかある？」

「え……？」

「高いものとかは買えないけど、でも、もしも何かほしいものとかあったらヒントだけでも教えて欲しいなーと思って」

上目遣いで窺うように俺を見るミオは、今日一番と言いたくなるほど可愛かった。

俺が今、欲しいもの？　俺が欲しいものなんて、そんなのいつも、ひとつだけだ。

「ユウリくん？」

いつだって、俺を夢中にして離さない。

俺が今、なにより一番欲しいものは――。

「ヒントは……今、目の前にあるもの」

「え？」

「俺……ミオがほしい。ミオがいれば、もう何もいらない。それじゃダメかな？」

「ん……っ！」

答えを聞くより先に、ミオの唇に口づけた。

触れあう唇からは甘い熱が伝わってきて、それだけで身体の芯まで溶けてしまいそうになる。

「ユ、ユウリくん……わ、私がほしいって、それは――」

「そのままの意味だよ。いつかきっと、ミオの全部を俺にちょうだい？」

俺の言葉に、真っ赤になったミオを腕の中に閉じ込めた。

腕の中で戸惑いながらも頷くミオが可愛くて、愛しくて、たまらない。

「……ユウリくん、大好きだよ」

冬の澄んだ空気にミオの甘い声が溶けていく。

きっと今年の冬はこれまでで一番幸せな季節になるだろう。

「俺も、ミオのことが大好きだよ」

凛と通る声を響かせてから、もう一度愛しい彼女にキスをする。

見上げた空には一等星が輝いていて、俺達をそっと優しく見守ってくれていた。

End.

あとがき

このたびは『俺の「好き」は、キミ限定。』を、お手に取ってくださり、ありがとうございます。作者の、小春りんと申します。

ミオとユウリの甘くてくすぐったいやりとりは、楽しんでいただけましたか？

今作では〝恋〟をテーマとしながら、〝友情とは何か〟という部分にも触れさせていただいております。

物語の中でも男女間の友情は成立するかしないか、という話が出てきますが、これに関しては意見の別れることだと思います。

ただ、私自身は成立すると思っているので、今回はその結論で物語を描きました。

実際、私にも高校の頃から仲の良い親友とも呼べる異性の友達がいて、お互いが親になった今でも私は、彼を大切な友達のひとりだと思っています。

作中にも書きましたが、〝友情〟には性別も人種も、年齢も関係ありません。そしてそれは〝恋〟にも言えることだと、私自身は思います。

大切なのは、その人と一緒にいることで、輝ける自分になれるかどうかです。

今、苦しい恋をしている方も、これを読んでいるあなたにも、自分を成長させてくれるような素敵な出会いが訪れるようにと、私は心から願っております。

また今作には、これまで私が書いてきた物語の小ネタをあちこちに散りばめさせていただきました。ミオのお姉さんの愛美は、『はちみつ色の太陽』という作品にも出てくるのですが、そちらを読んでいただくと、愛美も苦しい恋をしていることがわかります（そのほかの小ネタも、是非探してみてください！）。

最後になりましたが、素敵な表紙と挿絵を描いてくださったピスタさん、デザイナーさん。スターツ出版の皆様。

そして今日まで支えてくださった、たくさんの読者様に心から感謝いたします。

あなたとこうして〝繋がること（Ｌｉｎｋ）〟ができたことに。

そしてこれからもあなたの周りに笑顔があふれますよう。

精いっぱいの感謝と、愛を込めて。

二〇一九年　十二月二十五日　小春りん（Ｌｉｎｋ）

小春りん（こはる りん）
静岡県出身。3月20日生まれ。デザイナーとして働くかたわら、2013年にLinkとして作家デビューをし『おつきあい攻略本。』(KADOKAWA刊) などを発表。『はちみつ色の太陽』で第10回日本ケータイ小説大賞、大賞、TSUTAYA賞、ブックパス賞を同時受賞。2016年9月『たとえ声にならなくても、君への想いを叫ぶ。』(スターツ出版単行本)を、小春りん名義で発表。その他著作多数。現在は子育てしながら、執筆活動を継続中。

ピスタ（ぴすた）
「のんびりまったり」をモットーに、適当な人生を堪能中。ミニマリストに憧れてるのになぜか物が増えてます。どうしましょう?　チョコが大好き。もしチョコが世の中から消えたら、何を食べてしのごうか考えつつ、今日もごきげんにチョコを頬張ってます。

小春りん先生への
ファンレター宛先

〒104-0031　東京都中央区京橋1-3-1　八重洲口大栄ビル7F
スターツ出版（株）書籍編集部気付　小春りん先生

この物語はフィクションです。
実在の人物、団体等とは一切関係がありません。

物語の中に一部法に反する事柄の記述がありますが、
このような行為を行ってはいけません。

俺の「好き」は、キミ限定。

2019年12月25日　初版第1刷発行

著　者　小春りん　©Lin Koharu 2019

発行人　菊地修一

イラスト　ピスタ

デザイン　齋藤知恵子

DTP　久保田祐子

編集　若海瞳

編集協力　ミケハラ編集室

発行所　スターツ出版株式会社
〒104-0031
東京都中央区京橋1-3-1 八重洲口大栄ビル7F
出版マーケティンググループ TEL 03-6202-0386
（ご注文等に関するお問い合わせ）
https://starts-pub.jp/

印刷所　株式会社 光邦
Printed in Japan

ISBN 978-4-8137-0820-9 C0193

恋するキミのそばに。

♥野いちご文庫人気の既刊！♥

君の笑顔は、俺が絶対守るから。

夏木《なつき》エル・著

“男子なんてみんな嫌い！”という高2の梓は、ある日突然、両親の都合で、クールでイケメンの同級生男子、一ノ瀬と秘密の同居生活をすることに！　口が悪くてちょっと苦手なタイプだったけど、一緒に生活するうちに少しずつ二人の距離は縮まって…。本当は一途で優しい一ノ瀬の姿に胸キュン！

ISBN978-4-8137-0800-1　定価：本体600円＋税

今日も明日も、俺はキミを好きになる。

SELEN《セレン》・著

過去のショックから心を閉ざしていた高1の未紘は、校内で人気の明希と運命的な出会いをする。やがて未紘は明希に惹かれていくけど、彼はある事故から1日しか記憶が保てなくなっていて…。明希のために未紘が選んだ〝決断〟は!?　明日を生きる意味について教えてくれる感動のラブストーリー。

ISBN978-4-8137-0801-8　定価：本体610円＋税

キミさえいれば、なにもいらない。

青山《あおやま》そらら・著

もう恋なんてしなくていい。そう思っていた。そんなある日、学年一人気者の彼方に告白されて……。見た目もチャラい彼のことを、雪菜は信じることができない。しかし、彼方の真っ直ぐな言葉に、雪菜は少しずつ心を開いていき──。ピュアすぎる恋に胸がキュンと切なくなる！

ISBN978-4-8137-0781-3　定価：本体600円＋税

俺にだけは、素直になれよ。

sara《サラ》・著

人づきあいが苦手で、学校でも孤高の存在を貫く美月。そんな彼女の前に現れた、初恋相手で幼なじみの大地。変わらぬ想いを伝える大地に対して、美月は本心とは裏腹のかわいくない態度を取るばかり。ある日、二人が同居生活を始めることになって…。ノンストップのドキドキラブストーリー♡

ISBN978-4-8137-0782-0　定価：本体590円＋税

書店店頭にご希望の本がない場合は、書店にてご注文いただけます。

恋するキミのそばに。

野いちご文庫人気の既刊！

早く気づけよ、好きだって。

miNato《ミナト》・著

入学式のある出会いによって、桃と春はしだいに惹かれあう。誰にも心を開かず、サッカーからも遠ざかり、親友との関係に苦悩する春を、助けようとする桃。そんな中、桃はイケメン幼なじみの蓮から想いを打ち明けられ…。不器用なふたりと仲間が織りなすハートウォーミングストーリー。

ISBN978-4-8137-0710-3　定価：本体600円＋税

大好きなきみと、初恋をもう一度。

星咲《ほしざき》りら・著

ある出来事から同級生の絢斗に惹かれはじめた菜々花。勢いで告白すると、すんなりOKされてふたりはカップルに。初めてのデート、そして初めての……ドキドキが止まらない日々のなか、突然絢斗から別れを切り出される。それには理由があるようで…。ふたりのピュアな想いに泣きキュン！

ISBN978-4-8137-0687-8　定価：本体570円＋税

今日、キミに告白します

高２の心結が毎朝決まった時間の電車に乗る理由は、同じクラスの完璧男子・凪くん。ある日体育で倒れてしまい、凪くんに助けられた心結。意識がはっきりしない中、「好きだよ」と囁かれた気がして…。ほか、大好きな人と両想いになるまでを描いた、全７話の甘キュン短編アンソロジー。

ISBN978-4-8137-0688-5　定価：本体620円＋税

放課後、キミとふたりきり。

夏木《なつき》エル・著

明日、矢野くんが転校する――。千奈は絵を描くのが好きな内気な女の子。コワモテだけど自分の意見をはっきり伝える矢野くんにひそかな憧れを抱いている。その彼が転校してしまうと知った千奈とクラスメイトは、お別れパーティーを計画して……。不器用なふたりが紡ぎだす胸キュンストーリー。

ISBN978-4-8137-0668-7　定価：本体590円＋税

書店店頭にご希望の本がない場合は、書店にてご注文いただけます。

恋するキミのそばに。

野いちご文庫人気の既刊！

お前が好きって、わかってる？

柊《ひいらぎ》さえり・著

洋菓子店の娘・陽鞠は、両親を亡くしたショックで、高校生になった今もケーキの味がわからないまま。だけど、そんな陽鞠を元気づけるため、幼なじみで和菓子店の息子・十夜はケーキを作り続けてくれ…。十夜との甘くて切ない初恋の行方は!? 『一生に一度の恋』小説コンテストの優秀賞作品！

ISBN978-4-8137-0667-0　定価：本体600円＋税

あの時からずっと、君は俺の好きな人。

湊《みなと》 祥《しょう》・著

高校生の藍は、6年前の新幹線事故で両親を亡くしてから何事にも無気力になっていたが、ある日、水泳大会の係をクラスの人気者・蒼太と一緒にやることになる。常に明るく何事にも前向きに取り組む蒼太に惹かれ、変わっていく藍。だけど蒼太には悲しく切なく、そして優しい秘密があって――？

ISBN978-4-8137-0649-6　定価：本体590円＋税

それでもキミが好きなんだ

SEA《シー》・著

夏葵は中３の夏、両想いだった咲都と想いを伝え合うことなく東京へと引っ越す。ところが、咲都を忘れられず、イジメにも遭っていた夏葵は、３年後に咲都の住む街へ戻る。以前と変わらず接してくれる咲都に心を開けない夏葵。夏葵の心の闇を聞き出せない咲都…。すれ違う２人の恋の結末は!?

ISBN978-4-8137-0632-8　定価：本体600円＋税

初恋のうたを、キミにあげる。

丸井《まるい》とまと・著

少し高い声をからかわれてから、人前で話すことが苦手な星夏は、イケメンの慎と同じ放送委員になってしまう。話をしない星夏を不思議に思う慎だけど、素直な彼女にひかれていく。一方、星夏も優しい慎に心を開いていった。しかし、学校で慎の悪いうわさが流れてしまい…。

ISBN978-4-8137-0616-8　定価：本体590円＋税

書店店頭にご希望の本がない場合は、書店にてご注文いただけます。